KB148081

_____ 님께

_____ 드림

APLUS

에이플러스

변화와 성장을 위한 5가지 열쇠

에이플러스

변화와 성장을 위한 5가지 열쇠

초판인쇄	2016년 10월31일
초판발행	2016년 11월05일
지은이	김대형
펴낸이	조현수
펴낸곳	도서출판 더로드
편집 디자인	정형일
표지 디자인	디에이트디자인연구소
주소	경기도 고양시 일산동구 백석2동 1301-2
	넥스빌오피스텔 904호
전화	031-925-5366~7
팩스	031-925-5368
이메일	provence70@navercom
등록번호	제2015-000135호
등록	2015년 06월 18일
ISBN	979-11-955702-0-1-03810

정가 15,000원

※ 파본은 구입처나 본사에서 교환해드립니다.

APLUS

에이플러스

변화와 성장을 위한 5가지 열쇠

도서
출판 **더 로드**
The Road Books

Contents

Chapter
4

Upgrade_개선

Chapter
5

Serving_섬김

추천사

필자는 코치이기 전에 평생 배우기를 멈추지 않는 사람이다. 이 책에서는 성공적인 인생을 위한 동서 고금의 지혜의 글과 더불어 코치로서의 경험과 사례들이 풍부하게 소개되어 있다. 여기에 소개된 좋은 습관을 하나씩 배워가고 실천한다면 이 사회와 세계에서 플러스 인생을 살 수 있을 것으로 기대한다.

– 이랜드 그룹 CHO(인사 총괄 책임자) 전준수 상무

저자의 경험이 곳곳에 묻어나는 지극히 실용적이면서 실무적인 책이다. 김대형코치의 글을 읽다 보면 마치 구루(Guru)에게서 인생의 코칭을 받는 느낌을 갖게 한다. 오랜 기간 직장과 코칭에서 얻은 엑기스를 아낌없이 풀어 놓았다. 세상에 던져진 채 살아가는 직장인으로 행복한 직장생활을 위한 지혜를 구하고 싶다면 꼭 읽어보길 권한다.

– 이기복, SK텔레콤 세종 CEI 팀장, SK그룹 기업문화(SKMS) 강사

우리의 문제는 현장에 답이 있듯이 성공적인 인생을 살아가는 방법도 우리 주위에 있다.

아직 그 방법을 모른다면 성공적인 A-PLUS 인생을 살기 위해 필요한 다섯 가지 핵심요소를 소개하는 이 책을 권해본다. 특별히 신입생들과 새내기 직장인 등 새로운 시작을 맞이하는 분들이 읽어본다면 인생의 방향을 설계하는데 도움이 될 것이다.

일상의 경험에서 발견한 성공원리를 짧고 쉽게 풀어 써서 읽기에도 편하다.

– 현대자동차 그룹 인재개발원 역량개발팀 정진욱 차장

"배워서 남 주자"는 모토를 가진 김대형 코치의 신간은 편안한 자기계발서의 매력이 가득하다. 어려운 내용을 담아 머리로 읽게 하는 것이 아니라, 친숙한 내용을 통해 마음으로 읽게 한다. 한 장씩 찬찬히 읽어가다 보면 당장 적용하고 싶은 아이디어들이 무수히 떠올라, 여러 차례 책을 내려놓고 노트를 펼치게 된다.

– McDonald's Korea 재무담당 이진원 상무

저자가 강의와 코칭을 하면서 즐거운 인생을 만들기 위해, 살 맛나는 인생경영을 하기 위해 열정적으로 활동한 필자의 생활이 생생하게 살아있다. 코칭 현장에서 고민하고 담금질된 인생 성장의 이야기를 잘 풀어놓았다.

– 포스코엠텍 HR 지원그룹 안창석 매니저

디지털 시대의 마케팅에서 자주 등장하는 말이 '경험을 통한 개인화'란 말이다. 이 책은 저자의 수많은 코칭 경험을 통해 만들어진 인생의 방향을 나에게 명확히 제시해서 나에게 꼭 맞는 개인화를 만들어 주었다. '삶'이란 강물에 내 인생이란 배를 그냥 흘려 보냈는데 이 책을 통해 내 배가 가고자 하는 방향의 키를 정확히 잡았다. 지금 내 인생의 방향과 목적을 세우고자 한다면 이 책을 반드시 읽어 보기를 권한다.

– 한국 오라클 최재훈 상무

따뜻한 공감이 필요할 때 읽으면 마음코칭이 되는 책이다. 인생에서 좌절하고 힘들 때 필요한 것은 입바른 아첨의 말이나 입 발린 훈계의 소리보다 따뜻한 지지와 공감이다. 이 책은 바로 그런 친구같은 무한 지지를 선사한다. 인생에서 에이플러스의 존재라는 자존감과 자신감을 절실히 회복하고 싶은 이들에게 이 책을 추천하고 싶다.

– CEO리더십 연구소장 김성회, 〈용인술〉 저자

Global 무한경쟁 사회로 이웃과 동료, 가족을 배려 하지 않는 자신만을 위한 성공론이 대세인 요즘 더불어 같이 성공할 수 있는 5가지 키워드로 김대형대표님께서 진정한 행복과 성공에 대해서 잘 가이드 해주신 책이다. 세계최대온라인 기업 알리바바의 CEO인 마윈은 제대로 된 경영을 꿈꾼다면 먼저 가치를 제공하고, 타인을 위해 봉사하며, 서로 돕는 것이 경영의 핵심이라고 했습니다. 자신의 성공이 먼저가 아닌 고객의 성공이 우선순위라는 것 입니다. 행복의 의미를 잊어버리고 삶에 지친 직장인들께 추천 드립니다.

- LG전자 VC본부 해외영업부 원태희 차장

일요일 아침 오랜만에 참 편안한 책을 읽었다. 그리고 참 편안하게 서평을 적을 수 있었다. 왜일까? 작은 일을 꾸준히 실천하겠다는 나의 삶의 철학과 같아서 일 것 같다. 우리는 큰 목표, 큰 성공, 큰 행복을 꿈꾼다. 이 책은 "행복하게 성공적으로 살기 위해 필요한 5가지 요소"를 필자의 작은 이야기를 통해 독자의 경험처럼 전달하는 책이다. 목표지향적 삶에 지쳐있는 30, 40대 직장인들에게 다시 생각할 수 있는 기회를 주는 글이다.

- LG그룹 HR업무 22년차 전석완

필자의 평소 삶을 알고 있는 나로서는, 평소의 사람에 대한 지대한 관심과 애정이 이 책으로 엮어져 나왔음을 책을 읽는 내내 느낄 수 있었다. 주변을 유심히 관찰하면서, 지나가는 일상에서 삶의 지혜를 체득하고야 마는 필자의 통찰력과 민감함이 풍미있는 필력으로 묻어 나와, 대화를 나누듯 편안하지만, 마음에 남김을 주는 힘이 느껴진다.

어떻게 살아가는 것이 나를 풍요롭게 하는가를 고민하는 사람이라면 이 책을 책상 한 켠 자리에 내어주길 권하고 싶다.

- 한국바스프 Supply Chain Consulting 김영진 부장

회사 경영을 하다 보면 인사, 총무, 영업, 마케팅, 재무 등 종합적인 경영 지식과 경험이 필요하다는 것을 절실히 깨닫게 된다. 그러면서도 문제가 닥칠 때 마다 제대로 해결하지 못하는 자신을 자책하기 일쑤다. 이 책은 저자가 다양한 경영 현장에서 직접 체험한 것을 현장의 언어로 수많은 사례들을 열거하면서 어떻게 하면 직장에서 행복하고 성공적인 삶을 살 수 있는지 명쾌한 답을 주고 있다. 이 책을 통해 힘들고 지친 리더십들이 매우 유용한 현장 솔루션을 얻을 수 있기를 기대한다.

– (주)지앤컴 리서치, (전) 한국CBMC 사무총장 지용근대표

하루 하루 바쁘게 뒤돌아 보지 않는 삶 속에서 많은걸 깨닫게 해주는 책이다. 나이 40중반으로 접어든 이 시기에 반드시 읽어봐야 할 책이다.

감사, 초심, 열정... 다시 한번 나 자신의 삶을 체크하게 된다.

– IBM SI Partner Business 권오경 실장

아버지가 한 얘기 중에 3대(待) 하지 말라는 얘기가 있다. 살면서 세 가지를 기다리게 하지 말라는 얘기다. 첫째, 해를 기다리게 하지 마라. 해뜨기 전에 일찍 일어나 부지런히 살아라. 둘째, 음식을 기다리게 하지 마라. 어머니가 정성스럽게 준비한 음식을 식기 전에 맛있게 먹어라. 셋째, 사람을 기다리게 하지 마라. 약속시간을 잘 지키라는 의미다. 짧은 이야기지만 나에게는 살아가는 데 많은 도움이 된 이야기다.

미국 UCLA 대학 농구팀의 전설적인 감독 존 우든. 그는 야구로 치면 한국시리즈를 10회 연속 우승을 한 전대미문의 기록을 가지고 있다. 성공적 인생을 살아가는 4가지 열쇠로 4P를 강조한다. Planning(계획), Preparation(준비), Practice(연습), Performance(실행)이다. 완벽하게 계획하고, 철저히 준비하고, 어제보다 나은 내가 되기 위해 끊임없이 연습해서, 경기에서 최선의 결과를 나오도록 이끈 것이 그 비결이다.

이 책은 이 땅에서 행복하고 성공적으로 살아가는 데 꼭 필요한 피가 되고 살이 되는 이야기들을 APLUS라는 주제로 애인에게 줄 소중한 선물을 고르듯 정성스레 담았다. 또한 개인적으로는 사회생활을 시작하면서 품어온 소망을 이루는 의미 있는 작업이기도 하다. '40대가 되면 그간의 경험을 녹여서 책을 출간해야지' 하는 소망을 가지고 살아왔다. 17년 넘게 품어온 갈망이 이루어지는 뜻 깊은 작업이다.

대학교를 졸업하고 지금까지 '배워서 남 주자'를 모토로 다양한 과정들을 수강했다. 코칭, 리더십, 멘토링, MBTI, 디스크, 애니어그램 등 지금까지 받은 수료증이 100개가 넘는다. 금액으로 환산하면 고급 외제차 한 대는 뽑을 수 있는 금액이다. 지금까지의 경험들을 정리하면서 자기계발을 위해 노력해 온 경험들을 나누며 어제보다 나은 오늘, 오늘보다 행복한 내일을 살고자 하는 분에게 도움이 되는 책을 쓰고자 했다.

"왜 사세요?" 하고 물으면 사람들은 "행복하게 살기 위해서 산다"고 말한다. 하지만 그 길은 결코 쉽지 않다. 그럼 '어떻게 하면 행복하게 잘 살 수 있을까?' 이것이 오랫동안 고민해온 주제이다. 이 책은 행복하게 성공적으로 잘 살기 위해 필요한 다섯 가지 요소를 정리한 책이다. 김영사에서 시작해 코스닥 상장회사 직원으로, 중소기업 대표로, 전문 코치로, 기업교육 강사로 전국을 발로 다니면서 만난 수많은 사람들과 소중한 경험과 깨달음을 이 책을 통해 핵심 요소 다섯 가지로 정리했다.

첫째는 태도(Attitude), 둘째는 열정(Passion), 셋째는 학습(Learning), 넷째는 개선(Upgrade), 마지막으로 섬김(Serving)에 대한 내용을 담고 있다. 머리 글자를 따면 APLUS이다.
첫째, 태도(Attitude)가 제일 중요하다. 감사하면서 살면 행복해진다. 매일 같이 감사한 것 세 가지를 적어 보자. 100일만 해보면 인생이 달라지기 시작한다. 그 다음은 목표를 향한 열정(Passion)이다. 어려움과 난관을 뚫고 나가는 힘이다. 세 번째는 그 목표를 이루기 위한 학습(Learning)이다. 자신의 가치를 올리는 확실한 방법은 필요한 지식 스킬, 노하우를 배우는 것이다. 네 번째는 지속적인 개선(Upgrade)이다. 환경의 변화에 맞게 지속적으로 변화시켜 나갈 때 오랫동안 사랑 받을 수 있다. 마지막으로 남을 돕는 섬김(Serving)의 단계로 나아가는 순서로 되어 있다. 자기 계발을 넘어서 남을 위한 봉사와 섬김의 자리까지 가는 것이 APLUS 인생을 사는 비결이다.

이 책의 각 장은 독립적인 내용으로 되어 있어서 끌리는 부분을 먼저 읽으면 된다. 바쁜 독자들이 원하는 부분을 먼저 읽고 자신의 삶에 적용할 한 가지 아이디어만 가지고 실행에 옮겨도 필자로서는 만족한다. 새로운 아이디어를 가지고 안전지대를 벗어나 처음에는 어색하지만 실행에 옮길 때 놀라운 일이 생기기 때문이다. 시간을 내서 끝까지 읽어 준다면 더 없이 감사한 일이다.

1945년 독립한 147개 나라 중에서 한국은 유일하게 국민소득 2만불을 넘어선 나라다. 나머지 대부분의 나라들이 $2,000 수준인 점을 감안하면 한국은 대단한 성취를 이룬 나라임에 분명하다. 20-50클럽에 가입한 7번째 나라이다. 국민소득 2만불을 넘고 인구 5천만을 넘는 나라가 되었다. 아동 구호 단체 컴패션에서 '도움을 받는 나라'에서 '도움을 주는 나라'로 바뀐 첫 번째 나라가 우리나라라고 한다.

하지만 우리나라의 앞날은 더 이상 쉽지 않아 보인다. 한국의 5대 주력 산업-조선, 철강, 석유, 전자, 자동차-의 경쟁력이 낮아지고 있다. 일본식 장기불황의 시작이 아닌가 하는 걱정과 세계경제의 어두운 전망에 어느 것 하나 녹록지 않아 보인다. 하지만 영화 〈인터스텔라〉 포스터에 나온 문구처럼 '우린 답을 찾을 것이다. 늘 그랬듯이'처럼 고난 극복의 DNA를 가진 우리 국민들은 이 역경 또한 극복해 내리라 믿는다.

환경이 어려울수록 그것을 돌파하는 개인의 역할과 책임은 더 커질 것이다. 어려운 환경 속에서 돌파구를 찾는 데 작은 도움이 되는 책이 되기를 소망한다. 또한 이 책을 통해 지금보다 더 행복해지고 싶고 더 의미 있고 충만한 삶을 살고 싶어하는 분들에게 도움이 되어서, 그로 인해 행복한 사람들이 대한민국 땅에 한 사람이라도 늘어나길 기대하며 이 책을 적었다.

이 책이 나오기까지 도움을 주신 분들은 너무나 많다. 강사로 처음 신한은행에 데뷔할 수 있도록 해주신 한국 성격검사연구소 김종구 소장님, 코치로서 기업에 처음 들어갈 수 있는 장을 열어 주신, 지금은 하늘에 계신 안효열 코치님, 유료 코칭의 세계로 입문하도록 도와준 CIT 박정영 코치님 오늘의 필자가 있기까지 필자의 멘토가 되어주신 수많은 코치님, 강사님, 그리고 수많은 사부님들에게도 깊은 감사를 드린다.

짧은 지면 관계로 책 출간 과정 중에 도움을 주신분들이 많지만 지면 관계상 몇 분에게만 감사인사를 드린다. 글쓰기를 가르쳐 준 미래경영연구원 오정환 원장님, 책을 책처럼 보이게 다듬어준 YBM 김준하 차장님, 글쓰기에 속도를 낼 수 있게 큰 자극을 준 삼성전자 김선형 부장님께 마음속에 우러나오는 감사를 드린다.

아빠로 살아가는 즐거움을 알게해 준 민광이, 민성이 그리고 아들 둘 키우느라 오늘도 고생이 많은 나의 마스터코치이자 조력자인 아내에게 특별히 고맙다고 전하고 싶다. 그리고 늘 부족한 아들의 든든한 후원자가 되어 주시는 어머님께 감사 드리고, 마지막으로 필자의 롤 모델이 되어 주신 사랑하고 존경하는 아버지께 이 책을 바친다.

2016년 가을에
저자 김 대 형

우리 세대의 가장 위대한 발견은
인간은 자신의 마음의 태도를
변화시킴으로써 자신의 삶을
변화시킬 수 있다는 것이다.

— 윌리엄 제임스 —

CHAPTER 1

Attitude

☺ 태도

청춘

— 사뮤엘 울만

청춘이란 인생의 어떤 한 시기가 아니라
마음가짐을 뜻하나니
장밋빛 볼, 붉은 입술, 부드러운 무릎이 아니라
풍부한 상상력과 왕성한 감수성과 의지력
그리고 인생의 깊은 샘에서 솟아나는 신선함을 뜻하나니

청춘이라 두려움을 물리치는 용기,
안이함을 뿌리치는 모험심,
그 탁월한 정신력을 뜻하나니
때로는 스무 살 청년보다 예순 살 노인이 더 청춘일 수 있네.
누구나 세월만으로 늙어가지 않고
이상을 잃어버릴 때 늙어가나니

세월은 피부의 주름을 늘리지만
열정을 가진 마음을 시들게 하진 못하지.
근심과 두려움, 자신감을 잃는 것이
우리 기백을 죽이고 마음을 시들게 하네.

그대가 젊어 있는 한
예순이건 열여섯이건 가슴 속에는
경이로움을 향한 동경과 아이처럼 왕성한 탐구심과
인생에서 기쁨을 얻고자 하는 열망이 있는 법,

그대와 나의 가슴 속에는 이심전심의 안테나가 있어
사람들과 신으로부터 아름다움과 희망,

기쁨, 용기, 힘의 영감을 받는 한
언제까지나 청춘일 수 있네.

영감이 끊기고
정신이 냉소의 눈(雪)에 덮이고
비탄의 얼음(氷)에 갇힐 때
그대는 스무 살이라도 늙은이가 되네
그러나 머리를 높이 들고 희망의 물결을 붙잡는 한,
그대는 여든 살이어도 늘 푸른 청춘이네.

1

100점 짜리
인생의 비결

불행할 때 감사하면 불행이 끝나고,
형통할 때 감사하면 형통이 다시 찾아온다.
― 스펄전 ―

《박사가 사랑한 수식》이라는 책에 100점짜리 인생을 만드는 비결이 소개되어 있다. 영어 각 알파벳 순서에 숫자를 다음과 같이 A-1, B-2, C-3, … Z-26 매칭하고 점수를 구해보면 재미있는 결과를 얻는다. 열심히 일하면(Hard work) 98점, 지식(Knowledge)은 96점, 돈(Money)은 72점, 운(Luck)은 47점, 리더십(Leadership)은 89점이다. 그럼 100점을 만드는 것은 무엇일까? 바로 태도(Attitude)다. 태도는 마음먹기에 달려 있고, 마음 먹기 가장 좋은 방법은 감사한 것을 기록하는 것이다.

'감사하면 행복해집니다.' 필자가 코칭을 하러 가는 회사의 회의실 플래카드에 적혀 있는 내용이다. 사람들은 왜 열심히 일을 할까? '먹고 살려고', '카드 값을 메우려고', '집 평수를 늘리려고' 등 여러 가지 이유가 있겠지만 그 이유를 찾아 들어가 보면 결국에 '행복해지기 위해서'인 경우가 많다. 그 '행복해지기 위해서' 할 수 있는 가장 쉬우면서도 강력한 방법이 하루에 세 가지씩 감사한 것을 적어 보는 것이다.

필자는 2013년부터 하루에 세 가지씩 감사한 것을 적고 있다. 노트를 하나 정해서 매일같이 적어 보는 것이다. 적다 보면 매일같이 기록하는 게 쉽지 않음을 느낀다. 때로는 늦기도 하고, 밀리기도 하고, 학창 시절에 개학을 앞두고 밀린 방학 숙제를 몰아서 하듯 며칠 분을 기록할 때도 있다. 그런데 적다 보면 작지만 큰 변화를 느끼게 된다.

한번은 오전에 강남에서 코칭 강의를 마치고 오후에 남산 쪽에 있는 모통신회사에 강의를 하러 갔다. 가는 길에 강의에 필요한 물품을 사기 위해 잠깐 길가에 차를 세우고 문구점에 들어갔다 나왔는데 그 사이 차에 주차위반 과태료 딱지가 붙어 있었다. 사실 문구점 앞에 주차장이 있었는데 하나만 사오면 되는 상황이라 주차장에 주차를 안 하고 잠시 길가에 주차했다가 무척 열 받는 상황이 되어 버렸다. 하지만 오후 강의가 있어서 일단 생각을 접고 집에 가면서 이 상황을 어떻게 감사할 수 있을까 고민했다.

만일 당신이 그런 상황에 처했다면 어떻게 감사할 수 있겠는가? 그때 필자는 나에게 차가 있으니 감사하고, 견인 안 된 것이 감사하고, 과태료를 낼 수 있는 여력이 있으니 감사하다는 등 여러 가지 생각은 들었지만 그 어느 것도 마음으로 받아들여지지는 않았다. 일단 답을 못 찾아 며칠을 끙끙 고민을 했다. 일주일 동안 고민한 끝에 어렵사리 감사한 부분을 한 가지 생각해 낼 수 있었다. 필자가 만일 신호위반이나 과속을 하는 것들이 모두 CCTV에 잡힌다면 모르긴 몰라도 한 달에 건강보험료 만큼은 나올 수도 있을 것이다. 그런데 '어쩌다 한 번 걸린 것이니 감사하자' 하는 생각이 들었다. 신기한 것은 감사하기 어려운 상황을 한 번 감사로 풀어 보니 그 다음부터는 웬만한 상황에서는 감사하기가 아주 쉬워졌다.

또 한번은 모통신업체 원주 연수원에서 강의를 마치고 서울로 올라오는 길에 같이 갔던 코치를 내려 주기 위해 서울에 들러야 되는 상황에서 영동고속도로를 거쳐 경부고속도로를 타고 올라왔다. 금요일 4시에 중부고속도로를 탈까 하다가 별로 길이 막히지 않을 것 같아 영동고속도로를 탔는데 큰 실수였다. 길이 많이 안밀리겠지 방심하고 교통상황을 확인하지 않고 출발했다. 보통은 중부고속도를 타고 외곽순환도로로 빠져서 집에 가는데 그 길이 잘 안밀려서 다른 길도 안 막히겠지 방심했다.

금요일 막히는 퇴근시간에 걸려서 어렵게 서울에 도착해 가볍게 저녁식사를 같이 한 후 일산 집으로 출발하는데 머릿속에 이런 생각이 가장 먼저 떠올랐다. '내가 매일같이 이 길로 출퇴근 안 하는 것이 얼마나 감사한가'라는 생각이었다. 아는 분 중에 이천 SK하이닉스를 다니는 분이 있는데 그 길로 매일 출퇴근을 하기에 떠오른 생각이었다. 예전 같으면 '강남에 왜 이렇게 아줌마 운전자가 많아?', '외제차는 또 왜 이렇게 많은 거야?' 등 남을 탓하는 생각이 먼저 떠올랐을 텐데 감사한 마음이 먼저 드는 것을 보고 스스로 대견한 마음이 들었다.

감사에 세 가지 종류가 있다. 첫째는 '만약(If) ~가 된다면 감사'이다. 로또에 당첨이 된다면 감사하겠다, 연봉이 오르면 감사하겠다 등이다. 둘째는 '때문에(Because of) 감사'이다. 옷을 할인할 때 구입해서 감사하다, 맛있는 음식을 대접받아서 감사하다 등이다. 셋째는 '그럼에도 불구하고(In spite of) 감사'이다. 과태료 딱지를 떼었지만 사고는 안 나서 감사하고, 병이 들었지만 새로운 것을 깨달아서 감사하다 등이다. 오늘 감사한 것 세 가지를 찾아보면 무엇에 감사하겠는가? 노트를 하나 정해서 매일

같이 적어 보거나 마음이 맞는 가까운 사람들과 함께 감사한 것 세 가지씩 나누는 카카오톡 방을 열어서 실천해 보는 것도 좋은 방법이다.

리더들이 하루를 얼마나 바쁘게 보내는지 모른다. '정신 없이 바빴다', '하루가 어떻게 지나가는지 모르겠다'고 말하는 분들을 흔히 보게 된다. 그런 분들에게도 꼭 권한다. 감사한 것을 적으려면 잠시 멈추어서 자신의 오늘 하루를 돌아보게 되고, 그중에 감사한 것을 찾으면서 하루를 마감하고 감사한 마음으로 자신을 돌아볼 수 있는 계기가 된다.

Attitude(태도) Point

⊙ 어제 하루를 돌아보면서 감사한 것 세 가지만 생각해 본다면 무엇입니까?

⊙ 나를 어렵고 힘들게 한 일에서 감사하게 생각할 수 있는 점은 무엇인가?

2 무릎을 꿇을 수 있는가?

우리는 늘 삶 속에서 스스로
문제의 일부가 되는 것이 아니라
해결책의 일부가 되는 법을 배워야 한다.
− 짐 론 −

수처작주 입처개진((隨處作主 立處皆眞)이란 말이 있다. '어느 장소에서든지 주체적일 수 있다면, 그 서있는 곳은 모두 참된 곳이다.'라는 의미로 《임제록》에 나오는 말이다. 제 첫 직장 사장님은 주인정신을 강조했다. "어디에 있든지 주인정신을 가지고 살아가라. 그렇게 살아가는 사람은 언제나 자기가 있는 곳의 주인이 된다." 그 말이 가슴에 와 닿았고 지킬려고 노력해 왔다. 한국M코칭이란 작은 회사의 대표가 된 것도 그 덕분인 것 같다.

전세로 살아도 내 집이라 생각하고 살았다. 이사 가서 바꿀 부분이 있으면 집주인과 협상을 했다. "신발장을 새로 맞추려고 하는데 비용을 반반씩 부담하면 어떨까요?" 집 주인도 동의해서 새로 신발장을 맞추고 비용은 반반 부담했다. 그전에 살던 집은 비디오폰이 있는데 너무 오래되어 밖에 서 있는 사람이 얼굴이 제대로 보이질 않아 반반씩 부담해 새로 바꾸려고 집주인에게 물어보니 자기네 집도 비디오폰 안 쓴다고 해서 그냥

에이플러스 − 변화와 성장을 위한 5가지 열쇠 −

바꾼 적도 있다.

어떤 분은 '주인정신'에 대해 나름 정의를 가지고 있는데 주인을 의식하면서 일하는게 주인의식이란다. 코칭하는 회사에서 '월요일 출근이 기다려지는 회사를 만들려면 어떻게 하면 좋을까요?' 하고 브레인스토밍을 했더니 대표를 출근 안 하게 한다는 의견을 보고 다들 넘어간 적이 있다. 월요일마다 주간회의를 하는데 팀장들이 스트레스가 많았던 탓이다. 모 대기업 팀장은 상사가 없는 날을 무두일(無頭日)이라고 하면서 반(半)공휴일로 편하게 여기며 일하는 분도 있다. 그 분의 주인은 내가 아니라 그 상사인 것이다.

아는 후배 한 명이 있는데, 종로에 근무할 때 사무실이 가까워 연락해서 만나 식사를 같이 하기도 했다. 후배이지만 리더십이 뛰어나고 일에 대한 열정이 대단해서 만나서 얘기하다 보면 배울 점이 많은 후배였다. 그래서 생각날 때 연락해서 점심 약속을 잡아 식사를 같이 하고는 했다. 필자는 개인적으로 페라로쉐 초콜릿을 세상에서 가장 맛있는 초콜릿이라고 생각한다. 대학교 때 캐나다에서 처음 먹어보고 맛에 감동을 받았다.

그 후배가 바로 그 초콜릿을 국내에 들여와 판매하기도 하고, 다른 제품들의 유통도 맡았다. 능력도 있고 워낙 열심히 일하는 친구라 속해 있는 조직에서 실력을 인정받아 커피 체인점 사업을 맡게 되었다. 커피 체인점은 쉬는 날이 없다는 게 업의 특징이다. 이 후배는 원래 가지고 있던 주인의식을 또 발휘해 주말에도 쉬지 않고 일했다. 옆에서 볼 때 일주일에 6.5일을 일하는 것 같았다. 그러다가 월드 바리스타 챔피언 대회 최연소 우승자인 폴 바셋(Paul Basset)의 이름을 따서 만든 폴 바셋 브랜드가 자회사로 분리를 하게 된 시점에, 그 후배는 회사의 사장이 된다.

매장 오픈을 진두지휘했고 사업에 대해 누구보다도 잘 알고 있어서 30대 후반의 나이에 대기업 자회사의 사장이 되었다. 평소에 주인정신을 가지고 열심히 일하다 보니 어느 순간에 자기가 속해 있는 조직의 대표가 된 것이다. 그 후배는 3년에 한번씩은 부서를 옮기면서 안주하지 않는 환경을 만들었다. 부서가 바뀌면 대리여도 사원보다 모르기 때문에 열심히 노력할 수 밖에 없었다. 과장이 되서도 부서를 옮기면 아는게 없어서 열심히 할 수밖에 없는 상황으로 자신을 내몰았다. 주인정신을 가지고 열심히 일한 결과 남들은 과장이나 잘해야 차장 될 나이에 대표가 된 것이다.

코칭으로 만난 코스닥 상장 회사 대표가 한 명언이 있다. "문제가 있을 때 고객 앞에서 무릎을 꿇을 수 있는 사람이 사장이다." 직원은 문제가 있을 때 고객 앞에서 자존심이 상해서 그렇게 못하지만 사장은 회사를 위해서라면 그렇게 할 수 있는 사람이다. 주인정신이 있는 사람은 상황에 대해서 100% 책임을 지는 사람이다. 돌잔치나 환갑 등 잔치가 끝나고 끝까지 남는 사람은 주인이다.

예전에 라면회사에서 벌레가 나와서 소비자가 문제를 제기해 기자회견장에 소비자와 기자들이 잔뜩 있을 때 회사 직원이 나와서 '어디 한번 보자'고 하면서 벌레를 보자 마자 한숨에 입안으로 쏙 넣고 꿀꺽 삼켜버려서 본 사람들이 너무 놀라 아무도 문제제기를 못하고 돌아갔다는 얘기가 있다. 회사를 위해 이 정도의 주인정신은 아니더라도 나는 과연 어디까지

에이플러스 - 변화와 성장을 위한 5가지 열쇠 -

할 수 있을까 자문해보자.

제가 아는 외국계 소프트웨어회사에서 영업을 잘 하던 분이 있었는데 비결이 뭐냐 고 물었더니 결정적인 순간에 고객 앞에서 무릎을 꿇고 호소하는게 나름의 필살기라고 말했다. 주인정신으로 일하던 그 분은 지금은 여의도에 새로 지은 고층건물에 입주한 다국적 소프트웨어업체 대표로 전국을 다니며 바쁘게 보내고 있다. 직원일 때도 주인정신으로 일하더니 시간이 흐르니 회사의 주인이 된 것이다.

영화 〈국제시장〉에서 황정민과 한국 광부들이 사고로 매몰되었을 때 여주인공 김윤진이 독일 감독자에게 무릎을 꿇고 애원하며 구조작업을 허락해 달라고 요청한다. 과연 허락을 할까 궁금했는데 감독자는 안전상의 이유로 냉정하게 거부한다. 이를 옆에서 지켜보고 있던 열 받은 한국 광부들이 말리는 사람들을 과감하게 뿌리치고 지하 갱도로 들어가 구조 작업을 시작하게 되는 계기가 된다. 영화에서 무릎을 꿇는 장면이 나올 때는 항상 진실의 순간이다. 뭔가 극적인 반전이 생긴다. 다음에 영화를 본다면 한번 유의 깊게 보시길!

Attitude(태도) Point

⊙ 우리 조직 대표의 고민은 무엇일까?

⊙ 내가 우리 조직의 주인이라면 지금 하고 있는 일 중에서 다르게 할 일은 무엇인가?

---

3 시간의 적금통장을
만들자

> 사람들 대부분은 자신이
> 1년 안에 할 수 있는 일은 과대평가하고,
> 10년 안에 할 수 있는 일은 과소평가한다.
> – 짐 론 –

요즘 조직에서 나온 베이비부머 세대 사람들이 지금 취업 시장에서 가장 쉽게 할 수 있는 일이 대리운전이다. 그런데 10년 후에도 대리운전이 계속 취업 시장에서 중요한 역할을 할까? 미국에서는 구글에서 제작해서 실험 중인 무인 자동차를 17개 주에서 주행 허가를 해서 앞으로 우리나라도 머지 않아 운전자가 차에게 명령하면 집으로 안전하게 귀가하는 날이 곧 올 것이다.

무인주행 차량이 상용화되면 음주운전이나 졸음운전으로 인한 자동차 사고가 확 줄게 된다. 주위에 음주운전이나 졸음운전으로 사고를 냈던 분들이 한 두분은 있을거다. 그런데 그런 사고가 줄어든다고 생각해보라. 전문성이 없는 일을 하면 내 일자리가 언제 사라질지 모르는 시대이다. 내가 하는 일에서 전문성을 키우기 위해 치열하게 노력해야 하는 이유다.

'1만 시간의 법칙'은 한 번쯤 들어 보았을 것이다. 말콤 글래드웰의 책 《아웃라이어》로 유명해진 법칙으로, 각 분야의 세계적 전문가로 활동하는 사람들은 1만 시간의 노력이 축적된 사람이라는 것이다. 우리는 정기적금을 들어서 꾸준히 매달 돈을 입금한 후 만기가 되면 돈을 찾는다. 인생에 있어서도 우리가 한 방향으로 계속해서 집중해 쏟아 붓는 시간은 때가 되면 그 열매를 거둔다.

그런데 1만 시간을 쏟기만 하면 전문가가 될까? 그 일을 오랫동안 했는데 잘하지 못하는 사람들도 분명히 있지 않은가? 여기서 핵심은 자신이 하는 일에 쏟은 시간이 아니라 그 일을 잘하기 위해 노력한 시간이다. 하루에 세 시간씩 새벽에 일찍 일어나 출근하기 전에 또는 주말에 자기계발을 위한 시간을 들인 사람이 있다고 치자. 그런 사람이 1년이면 1,000시간, 그렇게 10년 동안 그 분야의 전문성을 키우기 위해 노력해 온 사람들이 세계적 전문가다.

비틀즈, 모차르트, 빌 게이츠 등 자기 분야에서 세계적 수준인 사람들의 삶을 추적해 조사해 보니 비틀즈는 클럽에서 몇 년간 매일같이 연습할 수 있는 시간이 있었다. 모차르트는 아주 어려서 음악을 시작해 십대가 되었을 때는 일반인들보다 훨씬 많은 시간을 음악에 투자했다. 빌 게이츠는 어린 시절부터 컴퓨터에 빠져서 하버드 대학교를 자퇴할 시점에는 이미 10,000 시간을 다 채우고 남을 정도로 컴퓨터에 몰입해 있는 상태였다.

세계적 전문가는 자기 분야에서 100,000건의 케이스를 다루어 본 사람이라고도 한다. 예를 들어서 소아과 의사가 일년 52주 중에서 설, 추석이 있는 주를 빼면 50주, 주 5일 일한다고 하면 5일, 하루에 환자 25명을 본다고 하면 $50 \times 5 \times 25 = 6,250$ 이 되고, 16년 동안 꾸준히 그렇게 한다면 $6,250 \times 16 = 100,000$ 케이스가 된다. 예전에 개그콘서트 달인 코너에서 김병만씨를 소개할 때 '16년 동안 이 일을'하면서 소개한 것도 근거가 전혀 없는 건 아니다.

일본에서 3대 경영의 신이라고 하는 파나소닉의 마쓰시타 고노스케, 혼다 자동차의 혼다 소이치로 등을 보면 마쓰시타 고노스케는 초등학교 중퇴, 혼다 소이치로는 초등학교도 나오지 않은 학력이다. 하지만 어려서부터 산전, 수전, 공중전 다 겪으며 자신의 분야에서 갈고 닦은 경영에 대한 전문성이 있었기에 세계적인 경영자가 될 수 있었다.

전문성을 쌓기 위해서는 내가 가고자 하는 방향을 정하고 일찍부터 그 분야에 몸담으면서 시간을 들이고 노력을 하는 게 중요하다. 내가 좋아하고 잘하는 일로 방향을 정하고, 한 걸음 한 걸음 걸어갈 때 나만의 전문성이 쌓인다. 뒤를 돌아보지 않고 10년 후에 만개한 꽃과 같이 활짝 핀 내 모습을 기대하며 오늘부터 1만 시간의 여행을 시작해 보자.

Attitude(태도) Point

⊙ 자기계발을 위해 시간을 낸다면 하루 중 언제가 가능할까?

⊙ 내가 해 온 일 중에서 잘했다고 인정받았던 일은 무엇인가

에이플러스 – 변화와 성장을 위한 5가지 열쇠 –

4 모든 성공의 시작

> 현실이 슬프게 다가올 때면 그 현실을 보지 말고 멋진
> 미래를 보세요. 그리고 달려가는 겁니다. 인생 최대의
> 난관 뒤에는 인생 최대의 성공이 숨어 있습니다.
>
> – 커널 샌더스 –

커널 샌더스를 아십니까? 그는 6세 때 아버지를 잃고 10대 때부터 농장
일을 시작으로 철도공사, 푸르덴션 생명보험, 변호사, 주유소 사장, 타이
어영업, 램프 제조 영업까지 수많은 직업을 거쳤다. 65세때 시작한 마지
막 사업에서는 1,009번이나 실패를 거듭한 끝에 1,010번째 자신이 파는
서비스(치킨 조리법)의 고객을 얻었다. 그가 바로 지금은 전 세계 100여
개국이 넘게 진출해 있는 KFC(Kentucky Fried Chicken)의 창업자다.
대학교 때 이름이 '천구'인 친구가 있었다. 그 친구는 이메일 주소에 본인
의 이름을 1009 숫자로 표현했다. 그래서 이 실패의 숫자가 친구의 이름
과 같아서 정확히 기억한다.

커널 샌더스는 3년 넘게 실패만 했다. 1,010번째 시도에 처음으로 자신
의 닭 요리법을 이용한 가맹점을 만들고 74세까지 600개가 넘는 가맹점
을 모집하는 데 성공한다. 흔히들 인생초반의 성공을 조심해야 한다고 말
하는데 그는 대기만성형의 전형을 보여 주는 사람이다. 그가 1,000번 넘

는 실패를 하면서도 계속 그 길을 갈 수 있었던 것은 대단한 자신감이 밑바탕에 있었기 때문이라고 본다.

자신감(自信感)의 한자를 보면 자기 자신을 믿는 데서 시작한다는 것을 알 수 있다. 자기 자신을 믿을 수 있는 방법은 무엇일까? 자신과의 약속을 지키려고 노력하는 것이다. 자기 자신이 되고자 하는 비전이나 사명을 매일같이 외치는 것도 좋다. 하지만 그것만으로 자신감이 길러지지는 않는다. 신체적인 건강이 유지될 때 자신감이 따라준다. 자신의 건강 관리를 위해 꾸준히 노력해야 한다. 사람이 몸이 아프면 아무것도 하기 싫고 만사가 귀찮아지는 법이다.

작은 성취감을 맛볼 때 자신감이 더 쌓이는 것을 느낄 수 있다. 그런 작은 자신감이 쌓이면 더 큰 일에 도전할 수 있게 된다. 처음에는 자기에게 주어진 일을 열심히 하고 그 다음에 하고 싶은 일을 하고 마지막으로 불가능해 보이는 일에 도전하는 것이다. 자신감을 가지려면 자기가 하는 일에 대한 지식을 많이 쌓는 것도 방법이다. 자기 분야에 100권의 책을 보면 그 분야의 전문가가 된다. 잘 하는 사람에게 기술을 배우거나 최고로 잘하는 사람을 따라 하는 것도 좋다.

아는 코치 중에 한 분은 가족들과 한 달에 한 번 외식을 할 때면 꼭 물어보는 게 있다. "지난 한 달간 자랑할 일이 뭐가 있지?"를 묻고 돌아가면서 한마디씩 한다. 가족 한 사람이 얘기를 하면 진심으로 인정해 주고 축하해 주는데 그 시간이 가족에게 큰 힘이 된다. 보통은 가족 안에서 서로를 인정해 주고 칭찬해주는 시간을 갖기가 쉽지 않다. 인정은커녕 가장 가까운 가족에게 상처를 많이 받기 쉽다.

그런데 가족이 서로 한 달에 한 번 자랑할 것을 물어 보는 장치를 만들어 놓으면 외식하기 전에 서로 지나온 한 달을 돌아보며 스스로 칭찬할 것을 생각하고 구체적으로 말함으로써 가족 관계 속에서 자신감을 키울 수 있는 좋은 방법이다. 한 달에 한 번 반상회처럼 돌아오는 그 시간을 위해 칭찬받을 행동을 하는 일도 생길 것이다. 다른 사람에게 엄하게 자랑질을 하면 잘난 척한다고 비난 받을 수 있다. 나를 있는 그대로 받아들여 주고 누구보다도 잘되기를 바라는 가족과의 관계 안에서 서로 자랑거리를 나누면 얼마나 좋겠는가!

마쓰시타 고노스케는 "자신감은 화초와 같아서 한 순간에 자라지 않고 꾸준히 자랄 수 있도록 노력해야 한다."고 말한다. 팔굽혀 펴기도 처음에는 어렵지만 하다 보면 숫자가 점점 늘게 된다. 자신감은 팔굽혀 펴기와 같다. 매일 하루에 하나씩만 숫자를 늘려가는 것을 목표로 해보는 것이다. 오늘부터 할 수 있는 작은 일을 하나 정하고 그것부터 실천해 보자. 여러분의 자신감도 계속적인 관심과 집중된 노력을 통해 조금씩 자라날 것을 기대하면서.

Attitude(태도) Point

⊙ 지난 한 달간 내가 한 일 중에서 가장 잘한 일은 무엇인가?

⊙ 내가 하면서 성취감을 느끼는 일은 어떤 것이 있는가?

5 나보다 잘되길 바라는 부모의 마음으로

 한 사람은 위대한 일을 성취하기에는 너무 작은 수이다.
– 존 맥스웰 –

조직생활을 하면서 자기보다 더 나은 사람을 키우는 것이 솔직히 쉽지 않음을 많은 리더들이 느낀다. 자기 자신보다 더 인정받는 동료나 부하를 인정해 주기가 쉽지 않다. 필자도 가까운 사람들이 더 잘 나가거나 더 유명해지거나 할 때 두 가지 마음이 왔다 갔다 한다. '잘됐네요 하고 축하해 주는 마음'과, '나는 뭐지? 하고 비교하는 마음'이 교차한다. 그런데 언제나 나를 힘들게 하는 건 뒤의 생각을 더 오래, 많이 할 때이다.

월급에는 그 사람이 일한 성과에 대한 보상만이 있는 것이 아니다. 후계자를 육성하는 것에 대한 비용도 들어가 있다. 성과에만 몰두하고 사람을 키우는 데 소홀히 한다면 월급 값을 못하고 있는 것이다. 모 대기업 인사를 총괄했던 분은 조직에 대한 가장 큰 기여는 나보다 나은 사람을 한 명 자리에 남기고 떠나는 것이라고 말한다. 그 분은 본인이 회장에게 추천한 두 명이 그룹에서 중추적인 역할을 하는 것을 보면서 남다른 보람을 느낀다.

에이플러스 – 변화와 성장을 위한 5가지 열쇠 –

미국 다우존스 지수는 주가를 나타내는 중요한 지표이다. 100년 전에 그 지표가 처음 생길 때 있던 회사 중에 유일하게 남아 있는 A 회사가 있다. 혁신의 역사로 유명하고, 같은 기간에 한번 임명되면 죽을 때까지 유지가 되는 로마 교황청 교황 숫자와 이 회사 CEO 숫자를 비교해 보면 교황이 숫자가 더 많다고 한다. 그 정도로 한번 CEO가 되면 오랫동안 회사를 이 끌어갈 수 있는 능력이 검증된 사람을 선정하는 걸로 유명한 회사이다.

그 회사 매니저분들을 코칭 교육하는 글로벌 프로젝트에 같이 참여한 적이 있다. 인재 사관학교로 유명한 회사답게 시작부터 달랐다. 글로벌 CEO가 동영상으로 먼저 인사를 한다. 이 과정에 들어온 것을 축하하고 이 과정이 어떤 의미가 있으며 왜 중요한지 설명하는 3분 정도 동영상을 보여준다. 그 다음에 HR 담당 부사장이 와서 직원들에게 동기부여를 하 고 하루 과정을 시작한다. 부사장이 한 말 중에 기억나는 대목이 있다. "If you want to go up, you need a successor. If you don't have a successor, you'll never go up!(진급하고 싶으면 후계자가 있어야 한다. 후계자가 없으면 절대 진급 못한다.)"

하루 과정을 마무리할 때는 한국 법인 CEO가 와서 3분 스피치를 한다. 그 내용이 필자가 하루 종일 진행한 과정보다 임팩트가 있다. 글로벌 기 업의 CEO는 메시지 전달이 남다르구나, 하고 느낄 수 있다. 이 회사는 매니저가 한 직급에 3년 이상 있으면 의무적으로 후계자를 키우는 시스 템이 제도적으로 되어 있다. 후계자를 키우지 못하면 자기 자리를 보전하 기 어렵게 만들어 후계자를 키우는 것을 조직의 문화로 만들었다. 나보다 자식이 잘 되기를 바라는 부모의 마음으로 부하직원들을 대할 수밖에 없는 이유이다.

유튜브(YouTube)에서 호이트(Hoyt)를 검색어로 입력하면 나오는 동영상이 있다. 지금 한번 찾아서 꼭 보시기 바란다. 태어날 때 탯줄이 목에 걸려 산소 공급이 중단되어 태어날 때부터 장애로 태어난 아들과 직업 군인인 아버지의 실화를 다룬 감동적인 동영상이다. 아들은 말도 제대로 못하고 컴퓨터 자판을 통해서 의사소통을 하고 전동휠체어를 타고 움직이는데 부모가 대단한 건 그런 자식을 일반인 학교에 보낸다.

아들이 중학교 때 학교에서 교통사고를 당한 친구를 위한 자선 마라톤이 열리는데 아빠와 함께 나갔으면 좋겠다고 얘기한다. 아버지는 그때부터 열심히 휠체어를 끌면서 연습해 5마일(8km) 자선 마라톤을 완주한다. 그날 아들이 집에 와서 하는 말, '아빠 오늘 정상인이 된 기분이었어요.' 아버지가 뒤에서 휠체어를 밀어 주고 사람들이 결승점에서 축하해 주니 기분이 너무 좋았던 것이다. 그 말에 고무된 아버지는 그때부터 매일같이 달리기를 한다.

열심히 노력해서 보스턴 마라톤 대회에 출전을 한다. 하지만 1981년 첫 대회에 출전해서는 중도 포기를 하고 만다. 마라톤 정식대회에 출전하는 것이 결코 쉽지 않았던 것이다. 그 다음 해에 다시 도전해 완주를 한다. 그 대회에 20년 넘게 연속해서 출전을 하고, 거기서 그치지 않고 하와이에서 열리는 철인3종 경기에 도전한다. 정식 철인3종 경기는 수영 3.9km, 일산에서 대전 거리인 사이클 180km, 그리고 마지막에 마라톤 풀 코스 42.195km를 달린다.

에이플러스 – 변화와 성장을 위한 5가지 열쇠 –

선수들도 쉽지 않은 철인 3종 경기를 하는 아버지의 노력에 가슴이 찡하다. 자신을 위해서는 못해도 자식을 위해서는 어떤 어려운 일도 마다하지 않고 하는 게 부모의 마음이다. 오늘 주위 사람들을 대할 때 나보다 더 잘 되기를 바라는 아버지의 마음으로 대해 보자. 그런 마음으로 사람들을 대하는데 관계가 좋아지지 않는다면 그게 더 신기한 일일 것이다.

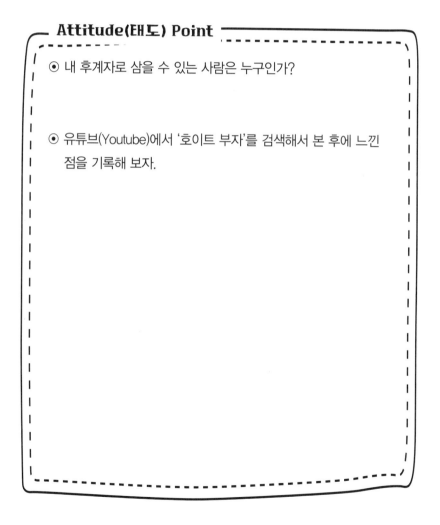

Attitude(태도) Point

⊙ 내 후계자로 삼을 수 있는 사람은 누구인가?

⊙ 유튜브(Youtube)에서 '호이트 부자'를 검색해서 본 후에 느낀 점을 기록해 보자.

6 자식에게 줄 수 있는 최고의 유산

정상에 올려주는 것은 실력이다.
그러나 그곳에 머물게 해주는 것은 인성이다.
– 존 우든 –

성공하는 사람들은 세 가지 '실'이 있다. 예를 들면 '현실'처럼 두 글자로 된 2음절 단어들이다. 뭐가 있을까? 첫 번째는 '성실'이다. 좋아하는 격언 중에 '시대가 변해도 바뀌지 않는 것이 두 가지 있는데 성실과 정직은 어디서도 통한다'는 말이 있다. 모든 성실한 사람이 성공하는 것은 아니지만, 한 가지 확실한 것은 성공을 오래 유지하는 사람들은 성실한 사람들이라는 것이다. 두 번째는 '진실'이다. 요즘은 SNS를 통해 세상에 비밀이 점점 없어지는 시대이다. 진실하지 않으면 오래가지 못한다.

세 번째는 '절실'이다. 영양실조를 겪는 아이보다 소아비만을 걱정하는 아이가 더 많은 현실처럼, 결핍의 시대가 아니라 풍요의 시대를 살고 있는 우리들에게 필요한 것이다. 끊임없이 우리의 시간을 갉아먹고 주위를 산만하게 하는 것들이 너무나 많이 있다. 원하는 것이 있을 때 간절히 원해야 이룰 수 있다. 애플의 스티브 잡스는 스탠포드 대학교 졸업식 연설

에이플러스 – 변화와 성장을 위한 5가지 열쇠 –

에서 "Stay foolish, stay hungry"라는 말로 간절함을 유지해야 한다는 점을 강조했다.

'완벽함은 더 이상 더 할 게 없는 게 아니라 더 이상 뺄 게 없는 것이다'라는 생텍쥐페리의 말처럼, 모든 걸 빼고 마지막에 '나는 이거 하나 원한다'라고 말할 수 있는 간절함이 있어야 한다. 간절하게 원하는 그 한 가지에 성실함이 더해지면 그 사람은 시간이 지나면서 돋보이게 된다. 재능에 성실함이 더해질 때 탁월함이 된다. 성실함은 자신의 자리를 오래 유지할 수 있도록 해주는 좋은 보약 같은 존재다.

《코리안 탱크, 최경주》를 보면 최경주 선수는 미국 PGA에 진출해서 어느 곳을 가도 그곳 골프 연습장에 가장 먼저 나오는 사람이 누구인지 물어봐서 그 사람보다 한 시간 먼저 연습을 시작했다. 한번은 가장 먼저 나오는 사람이 누구인지 물었더니 비제이 싱인데 9시에 나온다는 걸 알고 그다음 날부터 8시에 나오고, 가장 늦게까지 연습하는 사람보다 한 시간 더 연습하며 일주일을 보내고 몸살이 나서 고생했다고 한다. 골프 연습장에서도 성실하게 임하는 그의 모습이 완도에서 골프를 시작해서 한국 남자선수 중 최초로 PGA에 입성해서 10년 넘게 활약하는 그의 비결임을 알 수 있다.

세계적인 자기계발 전문가 브라이언 트레이시 '1+1'전략을 추천한다. 마트에서 물건 한 개를 사면 한 개를 덤으로 주는 '1+1'이 아니라 출근 시간은 한 시간 당기고, 퇴근 시간은 한 시간 늦추라는 얘기다. 남들보다 더 집중해서 일할 시간을 확보하고 노력하라는 얘기다. 〈일본전산 이야기〉

에 보면 배와 절반의 법칙이 나온다. 후발주자가 남들보다 앞서가려면 투입시간은 배로 하고 숙련도를 높여서 소요시간은 절반을 목표로 하라는 것이다.

필자에게 '성실' 하면 떠오르는 것은 12년 동안 초등학교와 중·고등학교를 개근한 것이다. 예전에는 나 자신이 대단하다는 생각을 했었는데 요즘은 자식이 하루도 빠지지 않고 학교에 갈 수 있는 안정적인 환경을 만들어 준 부모님이 대단하다는 생각이 든다. 요즘은 가족이 여행을 다니면 학교에서 출석으로 인정해 주는 좋은 제도가 있어서 예전처럼 개근이 중요하지는 않은 시대가 되었지만 부모가 자식에게 물려줄 수 있는 최고의 유산은 성실함이다.

어릴 적 때로는 아파서 학교에 못 가겠다 싶은 생각이 들어도 엄한 아버지가 "학교 가야지" 하면 벌떡 일어나 학교에 갔다. '조퇴를 하더라도 일단 학교에는 가자'는 마음가짐으로 학교에 가다 보니 하루도 빠지지 않고 학교를 다닐 수 있었다. 12년을 개근한 성실함이 필자가 오늘 하는 일에도 큰 힘이 되고 있음을 느낀다. 귀한 유산을 물려준 부모님께 감사를 드리고 자식에게 어떻게 이 유산을 물려줄 수 있을까 생각해 본다.

대학교를 졸업하고 지금까지 교육과정을 마치고 받은 수료증이 100개를 넘었다. 수료증을 모으려고 교육과정에 간 것은 아니고 정리를 하다 보니 그렇게 되었다. 처음에는 수료증 모으는 것에 관심이 없었지만, 어느 교육에 갔다가 10년 넘게 기업교육에 몸 담은 강사님이 100개가 넘는 교육을 받았다고 말해서 필자도 집에 가서 정리를 하기 시작했는데 어느덧

에이플러스 – 변화와 성장을 위한 5가지 열쇠 –

100개가 넘는 수료증을 모으게 되었다.

군대에서부터 하기 시작한 헌혈도 매년 꾸준히 해오고 있다. 한동안 간 수치가 안 좋아서 헌혈을 못했다. 간 수치가 생활하는 데는 문제 없는 수준인데 헌혈하기에는 문제가 있었다. 그래서 한의원에 가서 보약을 먹고 좋아져 다시 헌혈을 하고 있다. 23년 꾸준히 한 결과 얼마 전에 100번째 헌혈을 했다. 100번을 하면 적십자사 사이트에 있는 명예의 전당에 이름을 올릴 수 있는 조건이 된다. 내가 하고 있는 일에서 성실성을 발휘할 수 있는 부분은 어떤 것이 있는가? 매일같이 꾸준히 하면 도움이 될 것은 무엇인지 생각해 보고 오늘부터 실천해 보자.

Attitude(태도) Point

◉ 내가 더 절실해지기 위해 버려야 할 것은 무엇인가?

◉ 내가 하루에 한 시간씩 매일같이 꾸준히 한다면 나에게 도움이 될 행동은 무엇인가?

---

7 문제를 술술 푸는 방법

 행복한 사람이란 좋은 환경에 있는 사람이 아니라
좋은 태도를 지닌 사람이다.
— 휴 다우스(Hugh Downes) —

모 방송국에서 기자 생활을 오래 한 분의 얘기를 들었다. 행사를 취재 나
갈 때 기자의 관점에 따라서 행사가 결정된다고 한다. 어제 모처에서 어
떤 행사가 열렸다고 내용은 중립적으로 쓰지만 사진을 어떤 관점에서 찍
느냐에 따라서 일반 독자들이 행사에 대해서 가지는 생각이 달라진다는
것이다. 앞쪽에 사람도 많고 열심히 경청하고 있는 분들을 찍으면 기사를
보는 사람들은 '행사가 성황리에 잘 마쳤구나' 생각하게 되고, 뒤쪽에 빈
자리가 숭숭 있는 테이블에 참가자가 약간 지루해서 하품을 할 때 사진을
촬영하면 '그 행사는 별 볼 일 없이 끝났구나' 하고 생각하게 된다는 것이다.

〈성공하는 사람들의 7가지 습관〉에 보면 어느 한 남자와의 이야기가 나
온다. 지하철에서 애들이 너무 시끄럽게 떠드는데 아이의 아버지는 아이
들에 대해 아무런 조치도 취하지 않고 가만 둔다. 옆에서 보다 못한 스티
븐 코비가 애들 아빠에게 한마디 한다. '선생님, 아이들이 많은 분들에게
폐를 끼치고 있습니다. 애들을 조용히 좀 시키시죠' 그러자 그 아빠가 힘

없이 말한다. '한 시간 전에 아이들 엄마가 죽었습니다. 저는 앞이 캄캄해 뭘 해야 할지 모르겠고 애들도 어떻게 해야 할지 막막한 것 같습니다.' 상황을 바라보는 코비의 시각이 순식간에 바뀐다.

카투사로 군대에 있을 때 경험이 생각난다. 선임병 중에 후임병들을 아주 괴롭히는 고참이 있었다. 학교는 서울 시내에서 한 손가락 안에 드는 유명한 학교에 전공도 취업이 잘 되어서 인기가 있는 학과였다. 그런데 얼마나 후임병들을 힘들게 했는지 후임병들끼리 '제대하고 사회에 나가면 절대 그 인간 다시는 보지 말자'고 다짐을 하고, 원래 이름이 있는데 성을 '개'로 바꾸어서 '개OO'라고 부르곤 했다.

필자가 속해 있던 부대는 고참이 되면 시니어카투사라는 이름으로 원래 하던 일에서 벗어나 부대원들을 관리하는 일만 전담하는 일만 맡게 되는 보직이 있었다. 회사의 노조위원장 같은 역할이었다. 별도의 사무공간을 제공해 주고 중대 중요 미팅에 참석하면서 카투사와 미군들의 연락창구 역할을 했다. 그런데 그 일을 몇 달간 하면서 행정병으로 일하던 동료로부터 우리를 힘들게 했던 고참에 대한 새로운 사실을 알게 되었다.

아버지가 없고 어머니가 홀로 가계를 책임지는 힘든 환경에서 자라왔다는 애기였다. 그 말을 듣고 나니 그 사람에 대한 관점이 180도 달라지는 것을 경험했다. '좋은 학교에 다니는데 인간성은 멍멍이 같다'고 생각했었는데, '어려운 환경임에도 불구하고 노력해서 좋은 학교에 갔구나' 하는 생각으로 바뀐 것이다. 홀어머니와 살아오면서 여러 어려움을 겪었을 것을 생각하니 도저히 이해가 되지 않던 고참이 이해가 되기 시작했다.

나의 입장에서만 보면 도저히 이해가 안 되던 고참이 그 사람이 처한 환경에 대해 새로운 정보를 알게 되면서 입장이 바뀌게 된 것이다. 그래도 다행히 그 고참을 군 제대 후 마주칠 일이 한 번도 생기지 않아 감사하게 생각하고 있다.

코칭했던 분 중에 한 중소기업 대표는 처음에 아내와 별거 중인 상태였다. 처음 만나서 그 대표가 아내에 대한 얘기를 하는데 도저히 이해가 안 되는 부분들에 대해서 쭈욱 얘기를 했다. 필자가 충분히 공감하며 반응을 보였다. "같이 사시기 정말 힘드셨겠네요. 그런데 사장님 얘기를 들으면 충분히 이해가 되는데 사모님은 어떻게 사장님을 생각하는 것 같으세요?"라고 물어 보았더니 이 분 표정이 망치로 뒤통수를 한 대 얻어맞은 표정으로 변한다.

아내 입장에서 생각을 해본 적이 없었던 것이다. 자기 입장에서만 바라보던 분이 상대방 입장에서 상황을 바라보게 되면서 둘의 관계를 바라보는 이 분의 태도가 달라졌다. 그 후에 아내분과 다시 합치게 되고 자녀들과의 관계도 많이 좋아졌다. 십대 딸이 이빨이 많이 썩어서 치과 치료를 받으러 가게 되어서 돈이 백만 원 넘게 들게 되었는데 이 분이 예전과 다르게 이렇게 얘기했단다. "아빠도 힘들어."

예전 같으면 "너는 양치질도 제대로 못해서 아빠를 이렇게 힘들게 하냐!"며 버럭 화를 냈을 텐데 자신의 입장에서 느끼는 바를 솔직하게 표현했더니 딸이 "아빠, 미안해요. 앞으로 잘 할게요."라고 말해 주어서 기분이 좋았다고 한다. 자신의 입장에서만 얘기할 때는 돈은 똑같이 들어도 아이도 본인도 기분만 나빠졌을 사건이, 딸의 입장을 한번 생각하고 말하면서 반전이 생긴 것이다.

우리가 겪는 많은 일들이 상대방 입장에서 한 번만 생각해 보면 풀릴 일이 의외로 많다. 사람이 감정의 동물이라 열을 받으면 자기 입장에서만 생각하기 때문에 문제가 잘 안 풀리는 상황들을 많이 보게 된다. 그럴 때 한 발짝만 물러나서 상황을 제3자의 입장에서 보려고 노력해 보길 권한다. 이전에 안 보이던 것들이 새롭게 보인다.

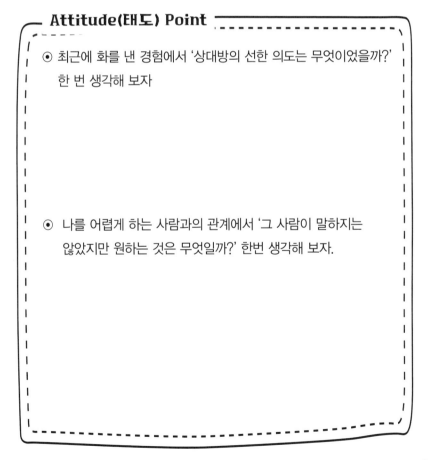

Attitude(태도) Point

⊙ 최근에 화를 낸 경험에서 '상대방의 선한 의도는 무엇이었을까?' 한 번 생각해 보자

⊙ 나를 어렵게 하는 사람과의 관계에서 '그 사람이 말하지는 않았지만 원하는 것은 무엇일까?' 한번 생각해 보자.

8 무엇이 진짜 문제일까

 무릇 간결은 지혜의 본질이다.
– 윌리엄 셰익스피어 –

누구나 자라면서 불만 한 가지씩은 있었을 거다. 왜 우리 집은 평수가 작은가? 가족이 왜 화목하지 않나? 부모님은 왜 이혼했을까? 왜 시골에서 태어났나? 왜 우리 집은 이사를 많이 다니나? 등등. 필자도 어릴 적 가지고 있던 불만이 한 가지 있었다. 다른 친구들은 아버지와 함께 목욕탕에 가는 친구들이 있는데 필자만 혼자 목욕탕 가는 게 싫었다. 이유는 간단했다. 아버지는 집에서 냉수마찰 한다고 동네 목욕탕에 가지를 않았다. 그러니 혼자 다닐 수밖에.

목욕탕 가서 다른 건 문제가 안 되는데 등 밀어줄 사람이 없다는 게 문제였다. 혼자 때를 다 닦은 후에 옆에 있는 사람에게 용기를 내서 "등 좀 밀어주시겠어요?" 요청을 하면 닦았다고 하는 사람도 있고, 자기도 아직 안했으니 같이 돌아가면서 밀어주자는 사람도 있었다. 그래도 용기를 내서 물어보기가 쑥스러울 때가 많았고, 한 두 번 물어봐서 적당한 파트너를 못 찾으면 그냥 집에 오기 일쑤였다.

그런 영향인지 결혼하고 아들 둘 키우면서 동네 목욕탕에 아들 둘 데리고 같이 가는 게 큰 로망중의 하나였다. 애가 한 명일 때는 쉽게 데리고 다닐 수 있었다. 둘째가 태어나면서 목욕탕 갈 수 있는 날이 오기를 얼마나 손꼽아 기다렸는 줄 모른다. 둘째 데리고 삼부자가 목욕탕에 갔던 날은 죽기 전에 해야 할 중요한 일을 이룬 듯한 마음에 가슴 뿌듯했고, 페이스북에 글을 올리기도 했던 기억이 난다. 물론 초반에는 둘째가 물 먹으면 금새 울고 불고 난리를 쳐서 잠시도 눈을 뗄 수가 없어서 목욕을 제대로 할 수 가 없었다. 요즘은 일주일에 한 번 주말에 아들 둘 데리고 목욕탕 가는 게 삶의 큰 즐거움이다.

어른이 돼서 어느 날 다른 분과 얘기를 나누다가 제가 꿈꾸던 삶을 살았던 분의 얘기를 들었다. 그 분은 자랄 때 매주 아버지와 목욕탕을 다녔다. 얼마나 부러운 사람인가? 그런데 중요한 건 그분은 아버지와 목욕탕 가는 게 너무나 싫었단다. 자기는 때로는 혼자 가거나 친구들과 가고 싶은데 아버지의 카리스마에 밀려서 제대로 말도 못 하고 매주 끌려 다녔다고 한다. 하기 싫은 일 매주 끌려 다니면서 했다면 얼마나 지겨웠을까.

그때 깨달았다. 아버지가 아들을 데리고 목욕탕에 안 간 것이 문제가 아니라 불만으로 해석하는 게 문제였구나. 인생은 10:90이 적용된다고 한다. 인생에서 일어난 사건이 10퍼센트이고, 그 일을 해석하는 게 90퍼센트라는 의미다. 목욕탕을 혼자 가서 좋은 점은 무엇일까 생각해 보니 원하는 시간에 편하게 갈 수 있다. 가서 내 마음대로 냉탕, 온탕을 오갈 수 있다. 끝나고 탈의실에서 집에 없는 케이블 TV에서 나오는 재미있는 프로를 보거나 재방송을 볼 수도 있다. 원하면 잠도 자고 나올 수 있다. 혼자 목욕탕 다니니 얼마나 좋은 점이 많을 줄 이전에는 미처 몰랐다.

강남에서 영어 유치원을 크게 하는 대표를 만나서 사업하면서 겪어 온 어려움들에 대한 얘기를 들었다. 초기에 경쟁업체들은 이제 다 문을 닫았고, 지금은 강남과 강북을 아우르는 유명 업체가 되어서 셔틀버스만 10대 넘게 운영하고 있었다. 동업으로 시작한 사업이 둘 사이에 갈등이 생기면서 홀로 서기까지의 어려움에 대해 한참을 말했다. 그 분은 동업을 해서 문제가 많았다고 했지만 그분의 얘기를 들으며 속으로 그런 생각이 들었다. 과연 사업을 혼자 했다면 문제가 없었을까? 한가지 확실한 건 문제가 분명히 많았을 것이란 거다. 동업이 문제가 아니라 단지 문제를 푸는 능력이 부족했던 것이다.

사업을 키우기 위해 가정에 본의 아니게 소홀했던 분들이 있다. 애들이 어떻게 컸는지 모르겠다고 말하는 분들이다. 또는 배우자와의 관계가 멀어지거나 자녀들과 관계가 소원한 대표들도 있다. 자녀와의 관계는 친하지 않지만 대신 경제적인 면에서는 여유를 가지고 있다. 그럼 거꾸로 자녀가 커 나가는 모습을 보면서 지낸 사람은 문제가 없을까? 그 사람도 분명히 문제가 있다. 단지 내가 어느 쪽에 가치를 두고 선택을 하느냐의 문제일 뿐 선택으로 인한 결과는 분명 내 책임이다.

경제적 어려움을 겪는다면 거꾸로 한번 생각해 보자. 돈이 많은 사람은 고민이 없을까? 우리는 물론 돈이 없기보다는 돈을 가지고 고민하는 게 좋다고 생각하겠지만, 재벌2세 자녀들이 자살하는 경우가 있는 것을 보면 돈이 많다고 문제가 없는 것이 아님을 분명히 알 수 있다. 내가 가진 문제를 해결된 상태인 사람도 문제가 있다면 지금 이 상황에서 내가 해야 할 일은 무엇일까? 지금 단계를 뛰어넘는 아이디어를 가지고 문제를 해결하는 것이다. 그러면서 문제해결 능력을 하나씩 키워가는 것이다.

복사용지를 만드는 업체들이 있었다. 경쟁이 붙어서 가격을 내리기 시작했다. 가격이 내려가니 원가를 낮추기 위해서 종이 질이 낮아질 수밖에 없었다. 그러다 보니 소비자 입장에서는 큰 문제가 생겼는데 복사용지가 얇아지면서 복사기에 종이가 걸려서 잼(jam)이 생겼다. 그 때 한 업체가 거꾸로 종이를 두껍게 만들고 '잼이 걸리지 않는 복사지'를 대대적으로 광고해 유명 업체로 성장한 곳이 있다. 태국의 더블에이(AA)다. 문제가 무엇인지 잘 찾으면 더 크게 도약할 수 있는 기회가 된다.

강의하고 코칭하는 일을 하다 보니 직업에 대한 만족도는 지금까지 해왔던 직업 중에서 제일 만족도가 높은데 소득의 기복이 크다는 게 문제였다. 프로젝트 단위로 일을 하는 사람들은 공통적으로 겪는 문제일 것이다. 봄, 가을에는 일이 많고 여름, 겨울에는 일이 적어서 봄 가을에 번 돈을 여름, 겨울에 쓰면 일년 지나고 나면 남는 게 없었다. 문제가 무엇일까 고민해 보니 소득의 기복이 있는 것보다 더 큰 문제는 소득의 파이가 적다는 게 문제였다.

필자가 아는 강사는 겨울에는 독일에 유학 보낸 자녀를 보러 한 달 정도를 유럽에 가서 보내면서 유학간 자녀도 만나고 개인적으로 재충전의 시간을 삼는다. 소득이 적은 시기를 재충전의 시기로 삼을 수 있는 건 다른 시기에 벌어 놓은 돈이 여유가 있기 때문이다. 결국 나의 문제도 소득의 기복보다는 소득의 파이가 작다는 것이 더 큰 문제였다. 파이를 키우기 위해 회사와 6개월 단위로 계약을 해서 직원들을 교육하고 코칭하면서 성과나는 조직으로 변화하는 걸 도우면서 소득 기복의 문제를 어느 정도 해결할 수 있었다. 내가 겪고 있는 문제의 진짜 문제가 무엇일지 한번 더 고민해 보고 해결책을 실행해 옮겨보자.

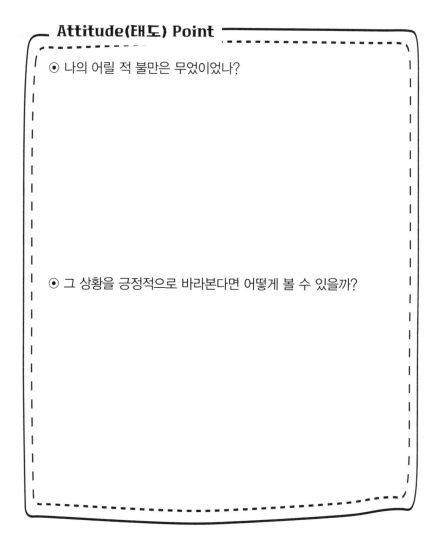

Attitude(태도) Point

⊙ 나의 어릴 적 불만은 무엇이었나?

⊙ 그 상황을 긍정적으로 바라본다면 어떻게 볼 수 있을까?

에이플러스 – 변화와 성장을 위한 5가지 열쇠 –

김대형이 만난
A⁺ 리더
첫번째.

 현대유비스병원

〈현대유비스병원 이성호원장, 안태희이사장 인터뷰〉

인천을 대표하는 길병원과 현대유비스병원의 공통점이 있다. 하나는 인천에 있다는 것이고, 또 하나는 의원으로 시작해서 종합병원이 되었다는 점이다. 길병원은 가천길재단 이길녀원장이 산부인과로 시작해서 지금의 길병원이 되었고, 현대유비스병원은 이성호원장이 1994년 정형외과로 인천에서 시작해서 오늘의 인천을 대표하는 종합병원이 되었다. 인하대학교병원이 1996년에 인하대학교의대 부속병원으로 시작한 것과 비교하면 동네 정형외과로 시작해 종합병원이 된 것은 대단한 발전이다.

유비스(UVIS)병원 이름이 특이한 데 의미가 있는 단어들의 앞 자를 따서 만들었다. U(You, 고객), V(Vision, 건강한 삶의 비전), I(Innovation, 혁신과 변화), S(Study, Surgery 의학연구 수술전문)을 모아서 유비스(UVIS)병원 이름이 만들어졌다. '고객의 건강한 내일을 위해 끊임없이 연구하고 노력하는 병원'이 되겠다는 의미다. 병원의 규모를 나타낼 때 병상수를 보통 얘기하는데 유비스병원은 432로 강남세브란스병원 886의 반 정도 규모다.

이 병원에서는 핵심가치가 '환필최'이다. 듣도 보도 못한 말이지만 이 병원 직원들은 누구나 환필최를 외치고 이를 실천하기 위해 부단히 노력하고 있다. 환필최는 과연 무슨 의미일까? 미국에서 가장 사랑받는 의료기관으로 알려진 메이요 클리닉(Mayo Clinic)에서 따 온 말이다. 메이요병원은 최고의 의료진이 환자들에게 최선의 서비스를 제공하는 것으로 유명하다. 예를 들면 이런 식이다. 환자가 암이 걸렸다면 암 선고를 받고 다시 정상으로 회복되기까지 시간도 오래 걸린다. 환자를 힘들게 하는 것 중 하나는 의사중심으로 환자를 이 과, 저 과 돌아다니게 만드는 것이다.

메이요 클리닉은 환자를 최우선으로 놓는다. 메이요 병원에서는 의사들이 협진을 통해 암의 크기, 치료 방법, 수술 방식, 수술 후 회복이 어떻게 되는지에 대해서 의사들이 한 자리에 모여 환자에게 설명을 한다. 그러니 환자들의 치료 후 주변 추천율이 96.7%다. 이건 환자들이 치료를 받은 게 아니라 빅뱅 콘서트에 가서 10대들이 감동을 먹고 돌아가서 주위 친구들에게 입소문 내는 수준이다. 미국과 한국이 의료시스템이 다르기에 획일적으로 비교하기에는 무리가 있겠지만 병원이 환자를 최우선으로 놓는 메이요 병원의 환자우선주위(Patient Come First) 는 분명 배울 점이다.

환필최는 '환자의 필요를 최우선으로 한다'는 뜻이다. 의사가 자기 일을 하고 있는데 환자나 환자 보호자가 와서 문의를 할 때가 있다. 그때 의사가 하던 일을 마저 하고 얘기를 듣고 답하는 게 아니라 하던 일을 내려놓고 환자의 필요를 먼저 충족시키기 위해서 노력하는 것이다. 예를 들어, 고객의 필요를 최우선으로 하는 식당이 있다면 잘 될 수밖에 없을 것이다. 식당에 가면 반찬이 떨어지면 얘기를 해야만 갖다 주는 곳이 대부분이고, 잘되는 곳은 말하기 전에 종업원이 알아서 가져다 준다. 종업원이 말하지 않은 고객의 필요를 최우선으로 해서 해결해 주는 곳이다.

환자의 필요를 최우선으로 하는 '환필최'의 정신이 있었기에 동네 정형외과에서 시작한 병원이 400병상이 넘는 종합병원으로 성장했다. 현대유비스병원의 목표는 '누워 들어온 환자가 뛰어 나갈 수 있게 돕자'는 걸 목표로 모든 고객과의 접점에서 고객이 불편한 점은 없는지, 다시 한번 묻고, 재점검해서 환자에게 최고의 서비스를 제공하려고 노력한다. 내부적으로 환자의 빠른 회복을 돕는 치유공동체를 비전으로 하고 있다. 빠른 회복을 위해서는 환자의 아픈 부위를 치료하는 의료진뿐만 아니라 주차부터 병원의 모든 직원들이 일심동체로 노력하는 것이 중요해 지게 된다.

이성호 원장은 요즘도 새벽 5시 전에 기상해 7시까지 출근해 전날 환자들 차트를 다 확인하고 하나하나 꼼꼼히 챙긴다. 저녁 7-8시까지 하루 12시간 넘게 근무하면서 직원들에게 모범을 보인다. 병원 규모가 커지면서 더 이상 혼자 관리할 수 있는 수준을 넘었다. 많은 리더들을 세우고 하면서도 큰 잡음을 내지 않고 병원이 성장해 올 수 있었던 뒤에는 이성호원장의 솔선수범이 있었다. 문제가 있을 때는 직접 나서서 담당자의 문제를 직접 해결해 준다. 병원을 위해서 필요하다면 미움 받을 용기를 기꺼이 내는 것도 본받을만 한 점이다.

계속적으로 성장만 해온 것은 당연히 아니다. 병원 규모를 계속 확장해 처음 병원 건물에 두 번째 건물을 짓고, 세 번째 건물을 계속 지으며 병원 규모를 확장했다. 두 번째까지는 정형외과 병원으로 승승장구 하면서 잘 왔다. 하지만 세 번째 건물을 지으면서 환자들이 알아서 올 것이라고 생각한 게 문제의 시작이었다. 병원 홍보에 수천만원을 들여도 환자가 늘지 않자 중대한 기로에 서게 된다. 종합병원으로 수평적 확대를 할것인가, 척추관절 전문병원 튼튼병원처럼 전문성을 더할것인가 선택의 순간에 종합병원으로 갈 것을 선택한다.

만약 어느 식당이 부대찌게 전문점에서 해산물 뷔페로 메뉴를 변경한다면 주인이 다양한 해산물의 특징과 관리 방법을 알아야 하듯이 종합병원으로 가는 과정에서 진료하는 과들이 많아지면서 공부해야 할 과들이 많아졌다. 기존에 하던 진료는 계속하면서 새로운 과들에 대한 특성과 어떤 의사를 모셔와야 병원에 도움이 될지 파악해 가면서 규모를 늘려가는 과정들이 결코 쉽지 많은 않았을 것이다. 하지만 과정 중에 문제가 생기면 남 탓하지 않고 '모든 게 내 책임이다'는 자세로 하나하나 해결해 나간다.

병원이 양적 성장을 한다고 해서 질적 성장이 자연스럽게 따라오는 것은 아니다. 자녀가 나이를 먹는 다고 해서 어른이 되는 것이 아닌 것과 마찬가지다. 성장통을 겪으며 비싼 수업료를 내야 했다. 한 때 직원들의 이직율이 50%에 이를 정도로 어려움을 겪게 된다. 들어온 직원의 반이 나간다면 그 조직이 잘 굴러갈 수 있겠는가? 업무 인수인계 하면서 많은 것들을 놓칠 수밖에 없고, 환자들의 중요한 특이사항들을 제대로 관리하기 어려웠을 것이다.

문제가 생겼을 때는 일단 3일을 기다려 본다. 문제가 생겼을 때 바로 반응을 하면 파장이 생기고, 문제가 일파만파 커지게 되는 경우를 보게 된다. 하지만 조용히 지나가면 하나의 해프닝으로 끝나고 만다. 이성호원장은 여러 가지 문제들이 생길 때 과민반응을 보여 더 확산되고 커지게 하는 게 아니라 해프닝으로 잘 마무리 되도록 지혜롭게 처리했다. 어려운 일이 있을 때면 성장통으로 여기고 문제들을 해결해 왔다. 내일 어떻게 될지 모르지만 한 걸음 한 걸음 우직하게 그 길을 걸어왔다.

종합병원이다 보니 다양한 환자들을 만나게 된다. 허리가 안 좋아서 온 디스크 환자가 수술하고 건강이 호전돼서 무리하다가 다시 안 좋아지는 경우가 생긴다. 그러면 그릇이 깨졌다면 의사가 하는 일은 깨진 그릇을 붙여서 쓸 수 있게 하는 것이 역할이고 그것을 조심스럽게 잘 간수해 사용하는 것은 환자의 몫이라는 것을 알려준다. 못 쓰게 된 것을 쓰게 해주는 것은 의사의 역할이지만 그릇을 잘 사용하는 것은 환자의 몫이라는 것을 얘기해주면 환자들이 자신의 역할을 인지하고 돌아간다.

메르스 환자가 생겨서 온 나라가 어려움을 겪을 때 인천지역에서 제일 먼저 체온계를 가지고 병원 입구에서 모든 환자들과 보호자들 발열검사를 하면서 다른 의료기관보다 발 빠르게 대처해서 위기를 잘 넘기고 나니 병원이 더 성장하는 기회가 왔다. 위기는 기회다라는 말을 상기하면서 앞으로도 많은 위기들이 올 때 한 번에 하나씩 파도를 잘 넘어서 환자의 필요를 최우선으로 하는 병원의 성장에 국내 많은 병원들이 주목하고, '환필최'를 목표로 하는 병원들이 많이 생기길 기대한다.

모든 위대한 성취 업적은
열정의 산물이다.
열정 없이 이룩한 것은
아무것도 없다.

- 랄프 왈도 에머슨 -

CHAPTER 2
Passion
🔥 열정

위대한 역설

— 켄트 M. 키스

사람들은 종종 변덕스럽고 불합리하며
자기 중심적이다.
그럼에도 그들을 용서하라.

네가 친절을 베풀면
이기적이거나 무슨 저의가 있을 거라고 탓할지 모른다.
그럼에도 친절하라.

네가 정직하고 솔직하면
사람들이 널 속일지도 모른다.
그럼에도 정직하고 솔직하라.

네가 오랫동안 쌓아 올린 것을
누군가 하룻밤 새 무너뜨릴지도 모른다.
그럼에도 그것을 쌓아라.

네가 평온과 행복을 얻으면
그들은 시샘할지 모른다.
그럼에도 행복하라.

네가 오늘 한 선행을
사람들은 내일 잊어버릴 것이다.
그럼에도 선을 행하라.

네가 가진 최고의 것을 세상에 줘도
충분하지 않다고 할 것이다.
그럼에도 네 최고의 것을 세상에 주어라

1

내 안에
OO 있다.

> 열정(Enthusiasm)을 대체할 수 있는 것은
> 어디에도 없다.
>
> – 존 우든 –

'열정'을 나타내는 영어 단어에 enthusiasm이 있다. 어원을 살펴보면 라틴어로 entheos로 '신이 내 속에 있다.' 또는 '내가 신 안에 있다(In God)'는 의미다. 평소 맨 정신에는 못할 일을 할 수 있게 만드는 힘이 열정이다. 그리스 아테네에 가면 유명한 파르테논 신전이 있다. 그리스 사람들은 수천 년 전에 조상들이 만들어 놓은 멋진 건물 덕분에 오늘날에도 관광으로 먹고 살 수 있으니 어떻게 보면 운이 좋은 사람들이다.

페이디아스라는 조각가가 건축을 마치고 당시 재정관에게 비용 지불을 요구하면서 내역서를 보냈더니 거절당했다. 이유인즉슨 "조각은 신전 지붕에 있고, 신전은 가장 높은 아크로폴리스 언덕에 위치해 있다. 근데, 왜 보이지도 않는 뒷면 작업에 들어간 비용까지도 청구하는가?"였다. 그러자 페이디아스가 말했다. "신들이 볼 수 있다." 자신이 하는 일을 신들이 보고 있다고 생각하는 사람이 열정을 다해 일하지 않을 수 없고, 그것이 기원전 조각가가 만든 작품이 수천 년을 내려오는 비결이다.

미켈란젤로가 시스티나 성당에 천정벽화를 그리느라 고생하고 있을 때, 친구가 와서 "구석진 곳에 잘 보이지도 않는 인물 하나를 그려 놓으려고 그 고생을 한단 말인가? 그게 완벽하게 그려졌는지 누가 알 수 있단 말인가?" 라고 말하자 미켈란젤로는 "내가 알지!"라고 대답했다. 자신이 하는 일에 대한 열정이 있는 사람이 보여주는 멋진 답이다.

작은 디테일도 놓치지 않고 최선을 다한 것이 세계적인 예술가를 만든 저력이다.

바이올리니스트 정경화 같은 분은 자신이 연주하는 곡 중에 마음에 안 드는 부분이 있으면 그 부분만 수백 번이라도 마음에 들 때까지 연습 한다고 한다. 한번은 수 천명 앞에서 공연을 마친 대금연주자와 식사를 같이 한 적이 있다. 공연이 만족스러웠다는 것을 뭘로 아느냐고 물었다. 강사는 참가자들의 피드백을 받아서 만족도로 평가하는데 공연은 뭘 기준으로 평가하는지 궁금했다. '자신이 연습한 만큼 무대에서 하면 만족이다.' 라고 했다.

개그 콘서트의 김원효 씨는 '비상대책위원회'라는 코너에서 '안~돼~~'라고 외치면서 유명해졌는데 인터뷰에서 자신은 대본을 받으면 100번 정도 대본을 연습한다고 한다. 대사를 외우는 수준이 아니라 수십 번 연습하면서 완전히 그 역할의 빙의가 될 정도로 연습을 하니까 수많은 시청자들에게 웃음을 주는 코너를 만든다. 내가 하는 일을 100번 정도 리허설 하면서 연습하는 사람이 그 일을 탁월하게 하지 못한다면 그게 더 이상 한 일 일 것이다.

고등학교 때 친하게 지내던 친구 3명이 있었다. 그 중 한 명이 영화감독이 꿈인 친구가 있었다. 그 친구는 거의 매주 영화 한 편을 보았다. 영화광인 친구와 어울리다 보니 시간이 날 때마다 영화를 보러 같이 가곤 했다. 부모님께 도서관 간다고 용돈을 받아서 밥 굶어가며 영화를 보러 다녔다. 그때 간절히 품었던 소원은 "어떻게 하면 영화를 마음대로 볼 수 있을까?"였다. 그러다가 카투사를 가면 영화를 무료로 볼 수 있다는 얘기를 들었다. 그때부터 카투사를 가야겠다는 소원을 품었다.

운이 좋아서 대학교 입학 후 영어 시험을 봐서 카투사에 입대했다. 미군 기지 중에 가장 규모가 큰 평택 Camp Humphrey에 항공대에서 근무를 했다. 평택 기지는 비행기와 헬기부대 활주로가 있어서 부대가 매우 넓었다. 캠프를 한 바퀴 돌면 10km 마라톤이 되었다. 기지 안에 극장이 있었는데 매주 3편 정도의 영화를 개봉했다. 이틀 정도 영화를 한 편 상영하고 또 다른 영화를 돌아가면서 상영했다. 미군들은 입장료를 내고 들어가지만 카투사는 ID카드만 보여주면 무료로 입장할 수 있었다.

오랜 소원인 영화를 마음대로 보는 꿈을 이루었으니 정말 원 없이 영화를 보러 다녔다. 근무를 마친 저녁시간에는 시간이 자유로운 편이라 시간 날 때마다 극장엘 갔다. 그런데 한 가지 사소한 문제가 있었으니 바로 자막이 안 나온다는 점이었다. 그래서 카투사들은 영화를 보고 나서 꼭 모임을 다시 했다. 각자 듣고 이해한 부분을 서로 얘기하며 영화 속에서 주인공이 왜 그런 행동을 했는지 퍼즐 조각 맞추듯 스토리를 다시 구성하는 시간이 꼭 필요했다. 얘기해도 이해가 안되면 미군에게 다시 물어가면서 내용을 이해했다.

일본 애니메이션 만화를 좋아하는 사람들이 일본어를 공부하듯, 영화를 보다 더 편하게 보기 위해 노력하다 보니 영어 실력이 늘었다. 그러던 참에 군대 있을 때 영어 웅변대회(Speech Contest)가 열렸다. 태어나서 웅변대회는 한 번도 나가본 적도 없고, 원래 내성적인 성격이라 나갈 생각을 해본 적도 없었다. 그런데 한번 도전해 보고 싶은 생각이 들어서 열심히 준비를 하기 시작했다. 내용은 영화를 좋아해서 카투사에 입대했고, 원 없이 영화를 보고 있고 우리들만의 극장을 다녀온 후에 의식(?)을 통해 영화 스토리를 다시 짜깁기 한다는 등 부대 속 시네마 천국에 대한 이야기로 풀어갔다.

미국 웨스트포인트를 나오고 어머니가 영어 선생이었던 미군장교가 원고 교정을 봐주고, 부대원들의 도움으로 처음 나가는 대회를 열심히 준비해 2위에 입상하는 쾌거를 이루었다. 학교 다닐 때 12년 개근상 말고는 그때까지 큰 상을 받은 게 없었는데 부모님이 얼마나 좋아하던지 진작에 노력해서 다른 상을 받았으면 좋았겠다는 생각이 들었다. 처음 남 앞에서 스피치를 하는 기회였는데 그때 관객들과 호흡하며 이야기를 하는 게 얼마나 멋진 일인지 처음 알게 된 소중한 경험이었다.

지금 강의하고 코칭하는 일에 발을 들여놓게 된 계기도 바로 그 작은 성공경험에서 비롯되었다. 내 유머에 사람들이 반응하며 같이 웃고 그 사람들의 반응을 보면서 힘을 얻는 잊지 못할 경험이었다. 시상식에 나온 대대장이 오늘 나온 참가자들은 모두가 승리자라며 영어로 연설하는 게 쉽지 않은 도전을 한 모든 참가자들에게 격려의 메시지를 보냈다. 그런데 그 모든 시작을 생각해보면 영화를 좋아했던 그 친구의 영향으로 영화광이 되면서 시작되었다.

어떤 위대한 일도 열정 없이 된 일은 없다. 새로운 일을 할 때는 열정이 반드시 필요하다. 이 일을 통해서 얻고 싶은 것은 무엇인지, 또 그게 된다면 무엇이 가능해질지 생각하며 도전해 보자. 이전과 다른 새로운 가능성이 보이게 된다.

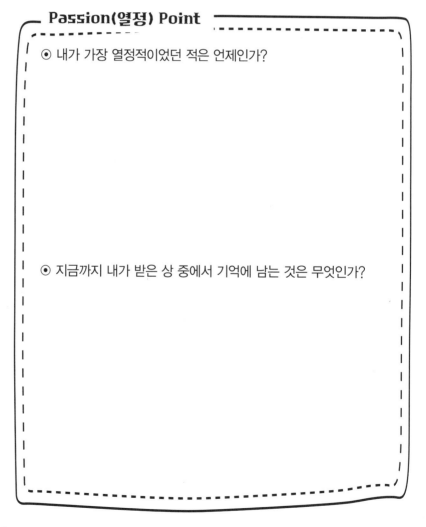

Passion(열정) Point

⊙ 내가 가장 열정적이었던 적은 언제인가?

⊙ 지금까지 내가 받은 상 중에서 기억에 남는 것은 무엇인가?

에이플러스 – 변화와 성장을 위한 5가지 열쇠 –

2 성공한 기업가들의 공통점

> 행복은 결코 완료형이 아니다. 행복은 얻는 것이 아니다.
> 행복은 일하고, 땀 흘리고 목표를 추구하는 가운데 찾아오는 것이다.
> 행복과 성공의 핵심은 소비하는 것이 아니라 생산하는 것이라는 점이다.
> – 존 템플턴 –

'열정'을 나타내는 또 다른 단어로 passion이 있다. '견디다'라는 뜻을 가진 라틴어 pati에서 온 말로, '인내'를 뜻하는 patience도 같은 어원이다. 고수들을 보니 어렵고 힘든 일을 먼저하고 쉬운 일은 나중에 하는 사람들이 많다. 영어 표현에 '그날 해야 할 일 중에 개구리를 삼키는 일이 있다면 그 일을 먼저 하라'는 말이 있다. 가장 힘든 일을 먼저 하고 나면 나머지는 쉬운 일만 남기 때문이다.

인터넷에 박지성 선수와 발레리나 강수진 씨의 발이 공개 돼서 화제가 된 적이 있다. 두 사람의 발은 기형처럼 보이고 기괴해 보이기까지 할 정도다. 그 발이 우리가 익히 알고 있는 그 분들의 발임을 알고 나서는 그분들의 오늘날 실력이 노력의 산물임을 알게 된다. 고통을 즐길 줄 알아야 고수다. 하루 중 하기 싫은 일이 있다면 2시간만 투자하라. 2시간 그 일을 하고 나머지 시간에는 내가 하고 싶은 일을 하는 것이다.

2008년 금융위기가 오고 나서 일본에서 그 해 가장 많은 매출을 올린 회사가 어디인지 아는가? 도요타로 생각하는 분들이 많은데, 히트테크라는 제품을 전 세계에 히트시키면서 세계인의 내복을 만든 유니클로가 1위를 차지했다. 재산 162억 달러로 일본에서 손정의 사장 다음으로 두 번째 부자로 손꼽히는, 일본을 대표하는 세계적 의류기업 유니클로의 야나이 다다시(柳井正) 회장의 지론은 '10개를 만들어서 9개가 실패해도 좋다. 그 중 1개만 성공하면 나머지의 실패를 다 커버하고도 남는다.'이다.

의류업의 속성상 그럴 수도 있겠으나, 7전 8기가 아니라 9전 10기, 9번 넘어져도 10번째 일어서면 된다는 그런 정신으로 새로움에 대한 도전을 두려워하지 않고 노력해왔기에 오늘날 패스트패션(fast fashion)을 대표하는 유니클로로 성장했다. 실패를 두려워하지 않고 실패해도 오뚜기처럼 곧바로 다시 일어서는 그런 자세가 필요한 것이다.

우리나라 선수 중 스케이트장에서 엉덩방아를 가장 많이 찧은 사람은 누구일까? 공식 집계를 본 것은 아니지만, 김연아 선수라는데 이견이 없으리라 본다. 밴쿠버 동계올림픽에서 김연아 선수가 금메달을 딸 때가 아직도 생생하게 기억난다. 그날 오후에 생중계가 되었는데 지인 두 명과 식사 후 식당에서 경기를 시청했다. 트리플 엑셀 기술. 필자는 아무리 봐도 몇 번 회전했는지 구분하기가 어려운데 보기에도 어려운 기술을 능수능란하게 구사하기 위해서 얼마나 많이 엉덩방아를 찧으면서 연습했을지 상상도 되지 않는다.

김연아가 평균 운동시간과 운동할 때 넘어지는 횟수를 계산해서 10만 번

이상은 넘어졌을 거다라고 말하는 분도 있다. 중요한 것은 횟수가 아니라 그 수많은 넘어짐의 고통 속에서도 김연아 선수는 결코 좌절하지 않고, 난이도를 하나씩 높여가면서 고난도의 기술을 완벽하게 구사할 수 있는 수준까지 연습을 쉬지 않았다는 것이다. 그런 노력들이 차곡차곡 쌓여서 김연아가 만들어진 것이다.

성공한 기업가들의 책을 보면 공통적으로 나오는 부분이 고생을 하고 인내하면서 극복한 얘기가 꼭 나온다. 유명 교수가 쓴 책과 가장 다른 부분이기도 하다. 회사를 운영하면서 겪는 크고 작은 고난들이 오늘의 그분들을 만들었다는 것이다. 한국 정치에 더 이상 큰 거목이 나오지 않는 이유는 더 이상 가택연금이나 감옥에 오래 구속되어 있는 정치인이 나오지 않기 때문에 내공을 쌓을 수 있는 시간을 오래 가지는 사람이 없기 때문에 큰 인물이 나오지 못한다고 혹자는 말한다.

불도저 같은 추진력으로 유명한 정주영 현대그룹 창업자에게 어느 날 기자가 물었다. "회장님도 두려운 것이 있으신가요?" 정주영 회장은 "내가 가장 두려운 것은 정변입니다."고 답했다. 기업을 하다가 어려운 것은 어떻게 이겨나갈 수가 있는데 정변을 겪게 되면 큰 지각 변동이 생기기 때문에 어렵다는 것이다. 정주영 회장이 회사를 출근할 때 어릴 적 소풍 갈 적 마음으로 한다고 해서 "힘들고 어려운 일이 있을 때는 어떻게 하십니까?" 질문을 받고 "그때는 그 문제가 해결되었을 모습을 상상합니다." 라고 말했다. 어떤 난관도 극복한 그분은 오늘의 한국경제를 일군 일등공신임이 틀림없다.

《좋은 기업을 넘어 위대한 기업으로(Good to Great)》 우리에게 잘 알려진 짐 콜린스가 스탠퍼드 대학교 교수로 있다가 독립하려고 할 때 경영학의 아버지인 피터 드러커를 찾아가 물었다. "컨설팅 회사를 세워서 회사를 키워야 할까요? 전문성을 가지고 1인 기업 형태로 가야 할까요?" 피터 드러커는 그에게 "회사를 세우면 직원들 월급을 주기 위해 내가 하기 싫은 일도 해야 하니 소수정예로 가라"고 조언했다. 수많은 경영자들에게 조언을 해준 피터 드러커가 아끼는 후배에게 해준 아름다운 조언이다.

성공의 조건으로 '운칠기삼(運七技三)' 얘기를 하는 분들이 있다. 심하게는 운칠복삼(運七福三)을 얘기하는 분도 있다. 운이 70퍼센트, 복이 30퍼센트 라는 이야기다. 준비된 사람이 좋은 타이밍을 만날 때 성공한다. 새로운 일을 시작한 사람은 해 뜰 날이 올 때까지 견뎌야 하는데 그 과정중에 반드시 동반하는 고통도 견딜 수 있어야 한다. 대한민국 벤처 신화를 쓴 변대규 휴맥스 사장은 이에 대해 "운에 대해서 할 수 있는 일은 없다. 하지만 어려운 일이 닥쳤을 때 견디는 일은 경영자가 해야 할 일이다"라고 말한다.

골프 선수 최경주 씨는 매일같이 쉬지도 않고 연습할 때 골프채가 피범벅이 되어서 한 손가락씩 채에서 떼어낼 정도로 연습을 했다고 한다. '프로가 되려면 그런 고통도 즐겨야 하는 줄 알았다'면서 그 어려운 시간들을 이겨냈다고 한다. 삼성그룹 이학수 부회장은 조선일보 인터뷰에서 "입사후 36년이 됐는데, 최근 20년간 여름휴가를 가 본 적이 없어요. 한 번쯤 갔을까? 제 인사카드에는 처갓집 경조금(지급항목)이 하나도 안 나와요. 남녀평등 시대에 큰일 날 소리지만, 처부모 회갑 때도 못 갔습니다. 얼마

에이플러스 - 변화와 성장을 위한 5가지 열쇠 -

전 경북 안동에 있는 처가엘 다녀왔어요. 처가에서 '16년 만에 왔다'고 합니다." 오늘날 한국을 대표하는 삼성이 구성원들의 피와 땀과 눈물로 만들어진 것임을 알 수 있다.

지금 하고 있는 일에서 일부러 고난을 택할 필요는 없을 것이다. 하지만 어려운 일을 피해가면 다음에 어디를 가도 고난은 또 오게 되어 있다. 그러면 그 다음엔 어디로 피하겠는가? 미래학자들은 IMF 같은 금융위기가 앞으로 20년 안에 2~3번은 더 올 거라 예상한다. 체질을 강하게 하면서 어려운 시기를 버틸 수 있는 근육을 키우기 위해 준비해야 할 것이 무엇인지 생각해 보고 오늘부터 준비를 해보자. 눈물 젖은 빵을 먹으며 고난의 시기를 견뎌낸 사람에게는 새로운 기회가 반드시 온다.

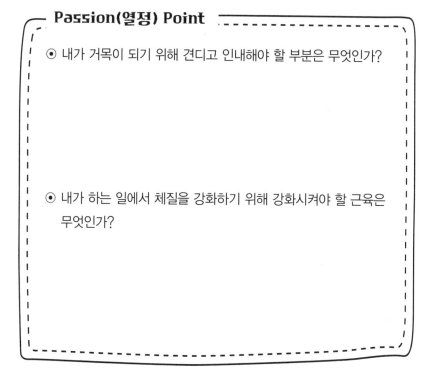

Passion(열정) Point

⊙ 내가 거목이 되기 위해 견디고 인내해야 할 부분은 무엇인가?

⊙ 내가 하는 일에서 체질을 강화하기 위해 강화시켜야 할 근육은 무엇인가?

3 변화에 필요한 최소한의 수

자신의 전부를 바쳐 일에 열중해야 한다.
열정은 전염성이 있다.

– 존 템플턴 –

EBS 다큐멘터리에서 본 재미있는 실험이 있다. 평소에도 사람들로 무척 붐비는 강남역 횡단보도 중간에 버스정류장이 있는 중간 지대에서 한 사람이 손을 들어 한 방향을 가리킨다. 사람들은 무심코 그냥 지나간다. 두 번째 실험이 곧 이어진다. 이번에는 두 명의 사람이 같은 방향을 가리키기 시작한다. 사람 몇몇이 지나가면서 뭐가 있나 하고 쳐다보지만 대부분의 사람들은 그냥 눈길 한번 주지 않고 통과한다. 세 번째 실험에서는 3명의 남자가 동일한 방향을 가리키면서 뭔가 벌어지고 있는 듯이 쳐다본다. "와, 저기 봐~" 하면서. 그때부터 횡단보도를 건너가던 사람들 중에 그곳을 쳐다보는 사람이 갑자기 많아진다. 사람들이 그쪽을 바라보면 아무 일도 없기 때문에 속았구나 하고 느끼지만, 수많은 사람들이 그곳을 쳐다보게 된다.

'101번째 원숭이'에 대해서 아는가? 일본의 한 섬에서 인류학자들이 조사를 했다. 섬에 고구마가 있어 원숭이들이 흙을 털어서 먹는데 어느 날 한 마리가 남들이 하지 않는 이상한 행동을 한다. 고구마를 바닷가로 가지고 와서 바닷물에 씻어서 흙이 하나도 없는 깔끔한 상태로 먹기 시작한다. 그것을 지켜본 다른 원숭이들도 그 행동을 따라 하기 시작한다. 고구마를 물에 씻어 먹는 게 원숭이 사이에서 갑자기 유행이 된 것이다.

그런데 신기한 건 그 숫자가 101마리째 특정 임계치를 넘어가자 다른 섬에 있는 원숭이들도 동일한 행동을 따라하기 시작했다는 것이다. 원숭이들이 휴대폰이 있어서 영상 통화를 한 것도 아니고, 배편으로 고구마를 맛있게 먹는 새로운 비법을 전수하거나, 카카오스토리나 페이스북에 올린 것도 아닌데 다른 섬에 있는 원숭이들도 따라 하기 시작하게 된 것이다. 임계치가 넘어가면 그것이 전해진다는 새로운 사실을 알게 된 것이다.

패션에서는 티핑포인트가 있다. 한두 사람이 처음에 그 제품을 사용하다가 어느 순간 엄청난 유행으로 퍼지는 현상이다. 구두를 한 켤레 사면 제3세계 신발이 없는 아이들에게 신발을 선물하는 One for One 컨셉으로 유명한 'TOMS' 신발은 광고를 하지 않고도 유명한 브랜드가 되었다. 악어신발로 유명한 Crocs도 처음에는 아이들이 물놀이할 때 신는 신발로 유명했지만 어른들에게도 널리 퍼졌고, 지금은 여름뿐만 아니라 겨울에도 신는 신발이 나올 정도로 인기를 끌고 있다. 한 사람의 열정적인 애호가가 생기면 다른 사람들이 따라 하기 시작하는 것이다.

2002년 월드컵 때 붉은 악마의 감동을 다들 기억할 것이다. 처음에 '거리 응원'이라는 용어도 없었을 때 붉은 악마들이 광화문에서 거리 응원을 하면서 국가대표팀에 힘을 실어 주기 시작해 16강을 진출하고 8강, 4강까지 가면서 너도나도 붉은 티셔츠를 입고 거리에 나가서 응원을 하면서 역대 최고 성적인 4강까지 가는 기적 같은 신화를 만들어 냈다.

거스 히딩크라는 탁월한 명장이 있었기에 가능한 일이었겠지만, 전국에서 펼쳐진 거리 응원을 통한 붉은 악마들의 응원의 힘, 즉 에너지의 파장이 기여한 부분이 분명히 있으리라 본다. 88년 서울 올림픽 때도 우리나라가 올림픽에서 몇 위까지 한 줄 아는가? 그때도 종합 4위였다. 우리나라는 전 국민이 힘을 하나로 모으면 4위까지는 갈 수 있는 저력이 있는 나라다.

필자는 우연한 기회에 기업 교육에 처음 발을 들여놓게 되었다. 모임에서 알고 있던 한국 성격검사연구소 김종구 소장이 같이 강의를 해보지 않겠냐고 제안하면서 시작하게 되었다. 신한은행이 조흥은행과 통합을 하면서 PMI(Post-Merger Integration) 작업의 일환으로 주말마다 기흥에 있는 신한은행 연수원에서 팀빌딩 프로그램을 운영했다.

직원들이 금요일 저녁 6시까지 근무하고 기흥 연수원에 저녁 9시부터 12시까지 MBTI 워크숍을 통해 서로를 이해하는 시간을 가졌다. 밤에는 서로 자기 자신의 경험을 나누고, 다음 날에는 체육대회도 하고, 연극도 보고 하면서 서로 하나 되는 시간을 가졌는데 그 프로그램이 반응이 좋아 두 팀을 운영하게 되면서 MBTI 강의를 할 강사가 더 필요하게 되어서 김종구 소장이 같이 해보자고 제안한 것이다. 강사 자격증은 있었지만 제대로 강의를 해본 적이 없었는데 그때부터 김종구 사부님의 강의를 열심히 쫓아다니면서 보고 배우고, 또 혼자서도 시간 날 때마다 연습을 했다.

일주일에 한 번 3시간 강의를 위해 매주 무진장 노력을 하면서 한 주 한 주 시간을 보냈다. 그런데 강의도 강의지만 중요한 것 중 하나가 사람들 앞에 서는 무대공포증을 극복하는 것이었다. 신혼 초 독립문에 살 때였는데, 시간 날 때마다 북악스카이웨이 길을 걸으며 강의 리허설을 머릿속으로 하면서 오가면서 만나는 분들에게 인사를 하기 시작했다. 살짝 웃으면서 "안녕하세요~"라고. 처음에는 그 말이 얼마나 어색하고 힘들던지 낯선 외국인에게 외국어를 하는 느낌이었다.

인사를 받아주는 분도 있고 그냥 지나가는 분도 있었는데 그래도 꾸준히 했다. 어느덧 시간이 지나자 오가면서 만나면 서로 인사하는 분들이 많아지게 되었다. 서로 만나서 차 한잔 마신 적도 없지만 오가면서 익힌 안면이 있어서인지 서로들 인사를 나누게 되었다. 처음에는 매우 불편했지만 계속 하다 보니 어느새 인사를 주고받는 문화가 형성되었다. 처음에는 새로운 시도를 한다는 게 힘들지만 꾸준히 계속하다 보면 다른 사람들에게도 전염이 된다는 것을 배울 수 있었던 소중한 경험이다.

Passion(열정) Point

⊙ 내가 속한 곳에서 새롭게 만들고 싶은 변화는 무엇인가?

⊙ 그것을 위해 도움을 줄 수 있는 사람은 누구인가?

4 열정의 사칙연산

> 열정은 모든 발전의 토대를 이룬다.
> 열정이 있으면 업적을 이룰 수 있지만, 열정이 없다면 변명만 남는다.
> — 헨리 포드(포드 자동차 창업자) —

일을 잘 하는 사람들은 세 가지 마음을 잊지 않고 지내는 사람들이다.

첫째는 '초심'이다. 미국의 어느 유명한 결혼 상담가는 자신에게 온갖 문제를 가지고 오는 커플들이 '우리는 이래서 못 살아요. 저래서 못살아요' 하고 얘기를 할 때 찾아온 부부에게 한 가지를 질문했다. 그 질문을 들으면 많은 부부가 조용히 꼬리를 내리고 자신들의 관계를 돌아보게 되었다. 그 질문은 "두 분은 어떻게 결혼하게 되셨나요?"였다. 초심을 묻는 질문이다. 힘들어질 때마다 처음 초심을 생각하면 각오를 새롭게 다질 수 있게 된다.

둘째는 '열심'이다. 열심히 해야 뭔가 일을 해낼 수 있다. 팀에 이런 사람이 꼭 한 사람은 있어야 일이 진척이 된다. 열심히 노력하지 않고 일이 되는 경우는 로또 당첨밖에 없다. 일을 되게 하는 사람은 보이지 않는 곳에서 노력하는 사람이다.

로또를 하는 사람은 나름의 마법의 숫자를 받기 위한 노력을 얼마나 하는지 아냐고 반문할 수도 있겠으나 들인 노력 대비 결과의 크기가 큰 것을 말하는 것이다. 마지막은 '뒷심'이다. 일을 진행하다 보면 여러 가지 문제에 부딪치게 된다. 이때 최종 원하는 결과물을 생각하고 마무리 하는 사람이 뒷심이 있는 사람이다.

초심, 열심, 뒷심을 꾸준히 가지게 만드는 열정의 사칙연산이 있다. 하나씩 보면 첫 번째는 덧셈(+)이다. 근무시간을 늘리는 것이다. '1+1' 전략이다. 세계적인 자기계발 전문가 브라이언 트레이시도 추천하는 방법이다. 출근 시간을 한 시간 앞당기고, 퇴근 시간을 한 시간 늦추는 것이다. 출근이 빨라지면 출근시 차가 밀리지 않아 시간이 절약되고 대중교통으로 오면 사람들에 덜 치이니 스트레스를 적게 받는다. 무라카미 하루키는 월급에는 출퇴근 하면서 받는 스트레스에 대한 비용이 들어가 있다고 얘기한다.

둘째는 뺄셈(−)이다. 유비에게는 제갈량이 있었다면 징기스칸에게는 야율초재가 있었다. 그는 천문, 지리, 수학, 불교, 도교 등 당대 모든 학문을 두루 섭렵한 인재였다. 그가 남긴 명언이 있다. "하나의 이익을 얻는 것이 하나의 해를 제거함만 못하고, 하나의 일을 만드는 것이 하나의 일을 없애는 것만 못하다." 스티브 잡스가 애플에서 쫓겨났다가 다시 복귀해서 한 일이 새로운 제품들을 추가하지 않고, 불필요한 제품들을 없앴다. 수 십개에 달하던 제품을 전문가용, 일반인용, 최고사양, 적정사양 4가지로 압축했다. 죽어가던 애플을 살린 비결이 불필요한 것을 없애는 것이었다. 필자가 아는 직원이 100명 넘는 NGO단체 대표는 "내가 없애야

될 게 한 가지 있다면 뭐가 있냐?"고 직원들에게 묻고 행동에 옮겨 직원들의 신뢰를 얻은 게 오늘의 자신이 있게 된데 큰 도움이 되었다고 얘기한다.

셋째는 곱셈(×)이다. 경영의 신으로 추앙받는 일본 교세라의 이나모리 가즈오의 성공 방정식이 있다. '성공=사고방식×능력×열정'이다. 여기서 중요한 것은 능력과 열정은 범위가 1~100인데 반해 사고방식은 범위가 (-)100 ~ (+)100이다. 능력과 열정이 중요한데 가장 중요한 것은 사고방식이라는 것이다. 우리 주위에 능력과 열정도 뛰어나지만 사고방식이 받쳐주지를 않아서 성공하지 못하는 사람이 얼마나 주위에 많은가 생각해 보면 알 수 있다. 능력과 열정을 키우기 위해서도 노력해야 하지만 긍정적 사고방식을 갖는 게 가장 중요하다.

마지막은 나눗셈(÷)이다. 일을 나누고 쪼개는 것이다. 한번은 수 백 명이 참여하는 큰 행사에 사무국장을 맡아 실무를 총괄하게 되었다. 자원봉사자들과 함께 그 대회를 준비하는데 자원봉사다 보니 참여하는 분들이 책임감이 매우 약했다. 대회 날짜는 다가오는데 조직위원회 멤버분들이 각자 사정을 얘기하면서 한 두 사람씩 빠져나가는데 아침에 머리를 감으면 스트레스를 받아서 머리가 한 움큼씩 빠지곤 했다. 이대로 가다가는 원형탈모가 오겠다는 걱정이 들 정도였다.

그래서 방법을 찾은 게 영역별로 해야 할 일들을 잘게 나눠서 엑셀로 단계별로 정리를 했다. 일을 맡아서 하던 담당자가 사정이 있어서 10단계 일 중에서 3단계에서 그만두면 다른 분에게 4단계 이런 이런 일을 할 수 있나요 묻고 협조를 요청했다. 그렇게 하다 보니 멤버가 교체 돼도 인수

인계가 쉬워졌고 덕분에 큰 행사를 잘 마무리 지을 수 있었다. 아무리 큰 일도 잘게 쪼개면 할 수 있구나 하는 인사이트를 배운 소중한 경험이다. 일을 될 수 있는 한 잘게 나누는 게 실력이다.

우리나라를 대표하는 미용 브랜드 준오헤어(JUNO HAIR) 강윤선 대표도 목표를 잘게 쪼개는 것의 중요함을 얘기한다. 준오헤어는 독서경영으로 유명한데 만약 일년에 50권의 책을 읽는 게 목표라면 일주일에 한 권을 읽어야 하고, 그러기 위해서는 하루에 15분 이상 읽으면 가능하다고 계산을 해서 매일같이 그 목표를 달성하기 위해서 노력해야 한다고 강조한다.

앨빈 토플러의 《부의 미래》란 책이 출간되었을 때 어느 강연회에 간 적이 있다. 강사가 '앨빈 토플러는 10년에 한 번씩 책을 내는 사람이다. 이런 분의 책을 2~3년에 걸쳐서 읽더라도 남는 장사다'고 하면서 시간이 생각보다 오래 걸리더라도 읽어 보길 권했다. 듣고 보니 하루에 한 꼭지씩만 읽으면 두꺼워서 안 읽히는 앨빈 토플러 책도 읽을 수 있겠다는 생각이 들었다. 아침에 일어나서 하루에 2~3페이지씩 읽어 3개월 정도 읽으니 정말 한 번에 읽으려고 하면 도저히 진도가 안 나가고 잠만 오던 책을 다 읽게 되었다. 그렇게 자신감을 얻고 보니 다른 인문학 도서에도 도전해서 여러 책을 읽을 수 있었다.

그렇게 자신감이 쌓이면서 이전부터 미루고만 있던 책이 눈에 들어왔다. 책 전체 분량이 1800페이지 정도 되는데 읽을 엄두가 나지 않아서 차일피일 미루고만 있었다. 언젠가는 죽기 전에 다 읽는 날이 오겠지 하면서. 그러다 어느 날 중요한 사실을 알게 되었는데 필자가 언제 죽을지 모른다는 사실이었다. 읽기로 마음을 먹었으면 늦기 전에 읽어 봐야겠다는 다짐을 했다. 그러면서 하루에 5장씩 읽기로 계획을 세웠다.

지방 강의나 조찬 모임 등으로 새벽같이 나가는 날도 있으니 그런 일정을 고려해서 하루에 5장씩만 읽기로 했다. 아침에 눈을 뜨면 간단하게 스트레칭을 한 후 신문 등을 보기 전에 제일 먼저 하는 일로 그 책을 5장씩 보기로 하고 실천했다. 한 해 동안 꾸준히 실천하다 보니 12월 생일 즈음에 다 읽을 수 있었다. 20년은 미뤄왔던 책을 읽었을 때의 쾌감이란 이루 말하기 어려웠다. 한 걸음씩 쌓이면 천리 길도 결국엔 도착하게 되어 있는 법이다.

Passion(열정) Point

⊙ 해야지 하면서도 미루고 있었던 일 중에 꼭 해보고 싶은 것은 무엇인가?

⊙ 매일 같이 꾸준히 무엇을 한다면 그걸 할 수 있을까?

에이플러스 – 변화와 성장을 위한 5가지 열쇠 –

5 우문현답의
또 다른 의미

 우리의 중요한 임무는 희미하게 보이는 먼 곳의 일이 아니라,
똑똑히 보이는 가까운 곳의 일을 실행하는 것이다.
– 윌리엄 오슬러 –

"우문현답이 무슨 의미인지 아십니까?" 한번은 어느 강사가 참가한 사람들에게 이렇게 질문을 했다. '어리석은 질문에 현명한 대답을 말하는 거 아닌가?' 하고 속으로 생각하고 있는데, 어느 분이 "우리의 문제는 현장에 답이 있다!"고 답해 다들 웃었던 기억이 난다. 범죄해결의 단서가 현장에 있듯 우리가 겪는 문제 해결의 답도 현장에 있다.

2차 세계대전 당시 독일군은 막강한 전차부대로 유럽을 순식간에 점령해 나갔는데 그 비결중의 하나는 장교들의 빠른 의사결정이었다. 1차 세계대전에서 패한 독일은 전쟁터에서 빠른 의사결정의 중요성을 누구보다 실감하고 여러 가지 전투 현장에서 처할 수 있는 상황 가운데 어떤 결정을 할지를 집중적으로 훈련시킨 것이다. 그렇게 훈련받은 독일군은 연합군에서는 상부에 보고하고 지시를 기다리는 과정을 생략하니 속도가 빠를 수밖에 없었고 중요 전투에서 끊임없는 기습과 속전속결로 승리할 수 있었다.

일본에서 3대 경영의 신으로 추앙받는 이나모리 가즈오가 일본 경제인 연합에서 주최하는 경영자 세미나에 참석하러 어느 온천 지역에 갔을 때의 일이다. 또 다른 경영의 신으로 추앙받는 혼다 자동차의 혼다 소이치로가 강연자로 나왔는데 참석한 경영자들을 마구 나무라면서 '문제는 현장에서 해결되는데 사장들이 이곳에 와서 문제가 해결되겠냐'는 게 핵심이었다. 초등학교도 나오지 않고 일본 굴지의 자동차 회사를 만든 혼다 소이치로 다운 강연이었다.

평소에 현장을 강조하기로 유명한 혼다 소이치로는 유럽의 자동차 공장들을 견학 갔다가 회사의 생산성을 10% 이상 높여줄 혁신적인 아이디어를 얻고 온다. 그게 무엇이었을까? 공장 바닥에 떨어져 있는 작은 물건 하나를 주었는데 놀랍게도 십자 모양의 나사였던 것이다. 그때까지 일본은 일자 모양의 나사를 사용했는데 2만 개가 넘는 부품이 결합되는 자동차를 조립하는데 십자 나사는 조립 시간을 획기적으로 줄여 줄 수 있는 아이디어였던 것이다.

월마트로 유명한 샘 월튼도 벤치마킹을 잘하기로 유명한 경영자다. 한국에 물품 조달을 위해 방문했다가 얻어간 아이디어도 있다. 한국 중소기업을 방문했다가 한 가지 놀라운 점을 발견했는데 미국에서는 직원들이 출근시간에 맞추어서 출근하기도 버거워하는 사람들이 많은데, 한국에서는 사내 조기축구회 회원들이 출근 시간보다 훨씬 일찍 나와서 회사 운동장에서 축구를 하고 그 후에 일하는 것을 보고 깜짝 놀란 것이다. 미국에 돌아가서 한국의 조기축구회를 자신들의 상황에 맞게 적용했다고 한다.

경영대학원을 다닐 때 미국에서 정교수로 있다가 한국에 온 교수가 있었다. 강의를 얼마나 재미있게 귀에 쏙쏙 들어오게 잘하는지 대학원 수업을 듣는 기분이 아니고, 외부 교육기관에서 교육을 받는 기분이 들 때가 한두 번이 아니었다. 그럴 수 있었던 비결은 그 교수가 미국에 있을 때도 미국 경영자들을 대상으로 최고경영자 과정에서 강의를 한 경험이 많이 있었기 때문이다.

그런데 한 가지 아쉬운 것은 학기를 마치면서 학생들에게 피드백을 받지 않는 것이었다. 강의를 정말 잘했는데 미국에서 귀국해서 처음 강의하는 학기라 현지 적응이 안 된 부분이 분명히 있어 그것에 대해 피드백을 하고 싶었는데 피드백할 기회가 없어서 몹시 아쉬웠다. 앞으로 개인적으로 기회가 된다면 참가자들의 피드백을 무조건 받아야겠다고 느낀 순간이었다.

MBA를 농담으로 Management By Alcohol이라고 이야기 한다. 술과 노래방이 우리나라에서 한때 유효했던 경영방식이기도 하다. 경영학 용어 중에 MBWA가 있다. 'Management By Wandering Around'의 약자다. 현장을 돌아다니며 경영하는 방식을 말한다. 공장을 방문해서 직원들 이름을 하나하나 불러주고, 자녀들의 안부를 묻고, 어떻게 지내느냐고 하면서 직원들에게 에너지를 전달하는 경영방식으로 예전의 유명 경영자 중에는 직원 수천 명의 이름을 직접 부르며 현장을 방문한 분도 있다고 한다.

잭 웰치는 '경영자는 정원사와 같아서 발로 현장을 다니는 만큼 실적이 나온다'라고 말한다. 필자가 아는 제조업체 대표는 새로 취임해서 직원들

이름을 다 외우고 불러 주었더니 그 소문이 중국 공장에까지 나서 중국에 출장 갔을 때 직원들이 즉석 퀴즈를 내서 직원들 이름을 외우나 못 외우나 확인하더라는 얘기를 했다.

오늘 내가 하는 업무에서 현장은 과연 어디일까? 피터 드러커는 '끊임없이 변화하는 전장 같은 현실에서 경영자는 현장의 목소리를 듣지 않으면 어려움에 처할 것이다'라고 경고한다. 리더를 장수에 비유해서 말하곤 한다. 지장(智將), 덕장(德將), 용장(勇將) 여러 장수 중 과연 누가 최고의 장수일까? 답은 바로 현장(現場)이다. 그 현장에서 과연 어떤 차이를 만들 것인지 한번 더 고민해 보자.

Passion(열정) Point

⊙ 나에게 가장 중요한 현장은 어디인가?

⊙ 보다 나은 결과를 얻기 위해 내가 더 신경 써야 할 것은 무엇인가?

에이플러스 – 변화와 성장을 위한 5가지 열쇠 –

6 빛과 그림자 같이 보기

아는 후배의 결혼식에 갔는데 주례사 중에 귀에 쏙 들어오는 대목이 있다. "좋아하는 것과 사랑하는 것의 차이를 압니까?" 사람들이 자주 쓰는 표현인데 구체적인 차이를 표현하자니 살짝 미묘한 차이를 어떻게 표현할까 헷갈린다. "좋아하는 것은 그 사람의 장점에 끌리는 것이고, 사랑하는 것은 그 사람의 단점이 보이지만 그 단점을 내가 덮어 주고 싶은 게 사랑하는 것이다." 우리는 한 사람의 장점에 끌려 연애하고 결혼 후에는 단점 때문에 실망한다.

전문가를 이렇게 얘기하기도 한다. '내가 모르는 분야에서 온 사람'. 내가 아는 분야에서는 그 사람의 전문성보다 개인적인 약점이 더 두드러지기 때문에 그 사람의 전문성을 인정하기가 쉽지 않다. 그 사람이 아무리 자신의 분야에서 뛰어난 사람이라도 그 사람의 개인적인 약점이 주위 사람에게는 눈에 들어오는 법이다. 그러니 가까운 사람을 평가할 때는 조금 여유를 가지고 봐주는 게 필요하다.

아내가 신혼 초에 유명 제약회사를 다닐 때의 일이다. 부서에 새로운 팀장이 왔는데 패스트 트랙으로 온 사람이라고 하면서 불평을 늘어놓았다. 자기 회사에는 두 가지 종류의 트랙이 있는데, 하나는 자신이 속해 있는 슬로우 트랙이고, 또 하나는 소수의 사람들이 가는 패스트 트랙이라고 한다. 이건 무슨 에버랜드도 아니고 빨리 가는 트랙은 뭐란 말인가? 윗사람에게 잘 보이고 아부 잘하면 진급이 빨리 되고, 그렇지 않으면 느리게 아주 느리게 진급이 된다고 한다.

요즘같이 수명이 늘어나는 시대에는 진급이 느린 것을 좋아해야 할지도 모르겠지만, 아무튼 그래서 일할 맛이 나지 않는다는 불평이었다. 그래서 필자는 "그 사람이 팀장으로 진급한 데는 모르긴 몰라도 분명한 이유가 있을 것이다. 하루에 한 가지만 그 사람의 장점을 찾아보면 어떻겠냐?"고 제안했다. 아내도 그렇게 해보겠다고 말하고, 그 다음 날부터 퇴근하고 집에 오면 그 팀장의 장점에 대해서 물어보기 시작했다.

"그 사람의 장점이 뭐 있어?", "회사는 일찍 와", 다음 날 또 물으니 "회의 진행은 잘해", 다음 날 또 물어보니 "보고서는 잘 써", "발표는 잘해", "윗사람에게 중간 진행사항을 잘 보고해" 등 일주일만 물어보니 자연스럽게 그 새로운 팀장의 장점들이 눈에 보이기 시작하면서 그 사람의 실력에 대해서 더 이상 문제제기를 하지 않게 되었다. 어떤 눈으로 보느냐에 따라서 한 사람에 대한 평가는 달라질 수밖에 없다.

아는 교수가 학생 한 명이 자퇴서류를 내러 와서 면담을 하게 된 얘기를 해 주었다. 3학기 내내 등록금만 내고 학교에 나오지를 않아서 학교에서

에이플러스 – 변화와 성장을 위한 5가지 열쇠 –

더 이상 받아줄 수가 없어서 자퇴를 하러 온 학생이었다. 이 학생은 동대문에서 의류장사를 하는 친구인데 너무 바빠서 학교에 나올 수가 없는 상황이었다. 학교 공부가 중요하지만 현실적으로 돈을 벌어야 하는 상황에서 학업을 계속하기가 어려웠던 것이다.

교수가 "등록금만 내고 학교를 안 나오면 되냐?"고 꾸중하는 식으로 얘기하지 않고 "네가 배움에 대한 열정이 얼마나 강하면 바빠서 학교에 나오기 어려운 상황에서도 배움에 대한 끈을 놓지 않으려고 등록금을 낸 게 대단하다."고 그 학생의 보이지 않는 열정에 대한 부분을 언급해 주었더니 그 학생이 너무나도 좋아하더란다. 교수는 마지막으로 "네가 배움에 대한 열정이 남다른 부분이 있으니 나중에 자리 잡히면 꼭 시간을 내서 학교에 다시 와라"고 말해주었더니 학생이 자퇴는 하지만 너무나 가벼운 마음으로 돌아가더란다.

어떤 박사가 자신의 고민을 털어 놓는다. "매번 미루는 습관 때문에 힘들어요." 필자도 마감시간이 임박해서 속도를 내는 스타일이라 120% 공감하며 말했다. "박사님은 일을 완벽하게 하고 싶은 마음이 크신 거네요." 이렇게 말씀 드리자 이 분이 머리를 한 대 맞은 표정으로 말한다. "예 그러네요. 그렇게 보니 이해가 되네요. 책을 쓰라고 주위에서 얘기를 여러 번 했는데 그것도 매번 완벽하게 잘 하려고 하다가 차일피일 미루기만 하게 되고, 내가 여러 가지 일을 하는데 있어서도 매번 미룬 게 완벽하게 하고 싶은 마음이 앞서서 그런 거네요." 라고 말하면서 너무 좋아했다. 사람을 대할 때 그 사람이 말하는 내용 이면에 있는 그 사람이 원하는 것과 욕구를 읽어 주면 상대방은 너무나 좋아한다.

돛단배가 앞으로 가게 하는 비결은 뭘까? 그것은 바로 돛이다. 돛이 있기 때문에 배가 바람을 받으며 앞으로 가게 되는 것이다. 그런데 만약 그 배 바닥에 구멍이 나서 물이 들어온다면 어떻게 해야 할까? 당연히 물을 퍼내고 배 구멍을 막아야 할 것이다. 사람의 장점도 마찬가지다. 사람을 남보다 앞서게 탁월하게 만드는 것은 결국 그 사람만이 가지고 있는 장점을 잘 발휘했을 때 남보다 더 잘하게 되고, 그 부분으로 남에게 기여할 수 있는 자신만의 장점이 생긴다. 단점은 문제가 되지 않을 정도로 보완해야 하지만, 단점을 보완한다고 해서 그 사람이 탁월해지지는 않는다.

유대인들은 자녀들을 대할 때 우리 애가 분명히 한 분야에서 대단한 재능을 가지고 있다고 믿고, 그것을 발견하고 키워주기 위해서 노력한다. 공부면 공부, 음악이면 음악, 미술이면 미술, 운동이면 운동, 각자 흥미 있어 하는 분야를 집중할 수 있도록 도와주면서 자녀들의 재능을 키워준다. 사람들을 볼 때 그 사람의 장점을 먼저 찾아보자. 뭔가 그 사람만이 남다르게 잘하는 것이 분명히 있다. 태양을 보면 빛이 보이지만 뒤돌아서면 그림자가 보인다. 그림자가 내 눈에 보이면 빛도 보는 연습을 해보자.

Passion(열정) Point

⊙ 내가 꼴도 보기 싫어하는 사람의 장점은 무엇인가?

⊙ 나와 가장 가까운 사람의 덮어주고 싶은 단점은 무엇인가?

7

두 마리 토끼를 잡는 법

> 위대한 이들이 쟁취한 저 정상들이
> 순간의 빛으로 성취된 것은 아니었네.
> 그들의 동료들이 잠들어 있을 때
> 그들은 밤을 새우며 저 높은 곳을 향해 올랐네.
>
> — 롱펠로우 —

현대인들의 근무형태를 보면 3분에 한 가지씩 일을 하는 형태라고 한다. 전화를 받고 메일을 확인하고 문자나 카카오톡을 보고 하나에 집중하기가 날이 갈수록 더 어려워지는 시대가 되고 있다. 요즘은 회사에서도 스마트폰을 지급해 주는 곳들이 많아져 예전에는 전화를 못 받았다거나 하는 핑계라도 될 수 있었는데, 요즘은 이메일을 어디서나 바로 확인할 수 있는 환경이기 때문에 확인 못했다는 핑계를 댈 수가 없다.

멀티태스킹은 조사에 의하면 사람이 할 수 없는 것으로 나타났다. 여러 가지를 동시에 하는 것 같지만 결국엔 쪼개어 들어가보면 한 번에 한 가지씩만 할 수 있다고 밝혀졌다. 프루덴셜의 최초 여성 CEO 손병옥 대표는 하루를 15분 단위로 쪼개서 나누어 관리했다고 한다. '실패는 해도 후회하는 삶을 살지는 말자'는 신조로 '성공의 반대는 실패가 아니라 포기다'라고 믿으며 열심히 40년을 살아와서 일과 가정 둘 중의 하나를 선택하는 것이 아니라, 어떻게 두 가지를 잘 관리할까를 고민하고 실천에 옮겼다고 한다. 집에 와서는 두 자녀에게 '오늘 하루는 어땠는지?' 묻고 충분히 대화하고 주말여행을 다니면서 추억을 많이 만들려고 노력했다고 한다.

집중하는 데는 언제 자신이 가장 집중이 잘 되는지 파악하는 게 첫 번째다. 새벽형이 있을 것이고, 밤에 정신이 말똥말똥한 올빼미형도 있을 것이다. 발명왕 에디슨이 전구를 발명하기 전까지는 새벽형밖에 없었다고 한다. 밤에 불을 켤 수가 없었으니까. 자신이 언제 가장 집중해서 몰입해서 일할 수 있는지 파악하고 그 시간에 집중해서 해야 할 일들을 하는 게 필요하다.

《일생에 한번은 고수를 만나라》의 저자 한근태 씨는 새벽 4시에 일어나 12시까지 집중해서 글을 쓰고 책을 읽는다고 한다. 삼성경제연구소가 생기고 나서 유일하게 초창기 멤버이면서 지금까지 활동하는 강사로 유일하게 본인이 남아 있는데 '새 책 소개' 코너를 꾸준히 운영하기 때문에 매주 수십 권의 책을 보고 소개를 하는데 그러한 작업들을 오전에 마무리 한다.

리더십 전문가로 유명한 존 맥스웰은 《사람은 무엇으로 성장하는가》에서 자신은 오전에 집중이 잘되기 때문에 오전에는 특별한 약속을 잡지 않고 자기계발에 온전히 집중한다고 말한다. 《원씽》에서도 핵심은 자신의 비전과 목표를 정하고 하루에 4시간씩 집중해서 자신에게 의미 있고 중요한 일을 하라고 강조한다. 하루에 4시간을, 출근해서 점심 먹을 때까지 하라고 권하고 있다.

회사들 중에는 집중 근무시간을 정해서 실행하는 회사들도 있다. 필자가 코칭했던 매출 1000억이 넘는 회사는 집중 근무시간을 오전 2시간, 오후 2시간 정해서 그 시간에는 회의도 잡지 않고 직원들이 나가서 담배도 못 피우게 한다. 개인뿐만 아니라 조직이 함께 집중해 일을 함으로써 매년 두 자릿수 성장을 하게 되었다.

집중할 때는 자신만의 방법을 찾는 게 필요하다. 첫째는 하는 일 한 가지만 남기고 나머지는 모두 다 책상에서 내려놓고, 하고 있는 그 일에만 집중하는 것이다. 일하다가 다른 것이 손에 잡혀 한눈팔 수 있는 가능성을 애초에 없애는 것이다. 학창시절 시험 전날 책꽂이에 있는 책 한 권에 우연히 손이 갔다가 그것을 보면서 시간을 낭비하거나, 갑자기 청소나 정리한다고 시간을 헛되이 보낸 경우들이 한두 번씩은 있을 것이다.

두 번째는 알람을 맞추어 놓고 하는 것도 좋은 방법이다. 50분 알람을 세팅해 놓고 그 시간에는 절대 다른 일을 신경 쓰지 않으며 하고 있는 일에만 집중하는 것이다. 중간에 다른 일이 생각나거나 떠오르면 간단하게 메모만 해놓고, 하던 일에 집중하는 것이다. 처음에는 15분부터 시작해도 좋다. 그 다음에는 30분, 한 시간 점점 시간을 늘려가는 것이다. 사람의 집중력은 최대 90분이라고 하니 최대 90분간 집중해서 일해보자. 집중해서 일하면 산만하게 일할 때 보다 2배 이상의 생산성을 올릴 수 있다.

세 번째는 물리적 제한을 가하는 것이다. 필자는 각대(脚帶)를 지인에게 선물 받았는데 집중해서 일 하려고 할 때 무릎에 각대를 찬다. 태권도 띠 같은 두께에 팔뚝만 한 길이로 양쪽 끝에 벨크로(일명 칙칙이)가 있어서 무릎을 감싸기에 좋다. 무릎에 각대를 해서 일을 하는 동안에는 화장실도 안 가고, 하고 있는 일에만 집중하기 위해서 몸을 고정시키는 것이다. 점점 더 집중하기가 어려워지는 요즘 같은 시대에는 집중하기 위한 방법으로 사용해 보는 것도 좋다.

집중해서 일할 수 있는 자신만의 방법을 찾아보자. 업무 성격상 5분에 한 번씩 전화를 받는 분도 있을 것이다. 그런 분이라도 집중해서 일할 수 있는 자신만의 시간을 찾아보고 해야 할 일들을 해보자. 이렇게 집중해서 한 달만 해보면 일의 진도가 놀랍게 빨라지고 더 나은 성과를 달성하는 자신의 모습을 발견하게 된다.

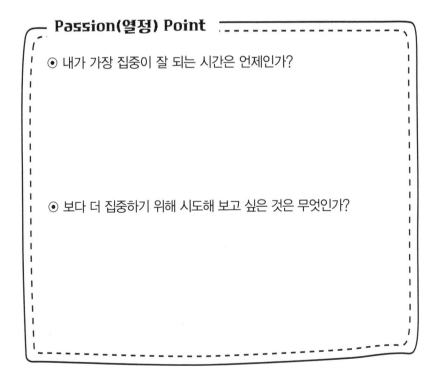

Passion(열정) Point

◉ 내가 가장 집중이 잘 되는 시간은 언제인가?

◉ 보다 더 집중하기 위해 시도해 보고 싶은 것은 무엇인가?

　에이플러스 – 변화와 성장을 위한 5가지 열쇠 –

8 문제 가운데 한발 내딛기

> 촛불은 바람이 불면 꺼진다.
> 그러나 큰 불은 바람이 불면 활활 타오른다.
> —프랑스 라포슈푸코 –

지인 중에 외국계 기업에서 임원을 하다가 인생 2막을 위해 미국으로 유학을 간 분이 있다. 출국하기 며칠 전에 만나서 식사를 같이 했다. 어떻게 어려운 결정을 했는지가 궁금했다. 그 분은 가까운 사람들을 만나서 아주 솔직한 피드백을 구했다. 내가 뭘 잘하는지, 뭘 하면 좋을지 정말 솔직하게 말해달라고 요청을 했고 그 의견들을 다 들은 후 자신의 인생 2막을 위해 유학을 가기로 결정했다.

출국이 며칠 안 남은 상황에서도 '이 길이 맞나?' 수도 없이 고민이 되고 내적 갈등이 있다고 솔직히 말해 주었다. 큰 결심을 해도 실행에 옮기는 데는 얼마나 크고 작은 갈등이 있겠는가? 2년 후 석사 과정을 마치고 귀국했는데 유학 가서 초창기 얘기를 해주었다. 모아둔 돈을 학자금으로 생각했지만 막상 소득없이 지내는 게 생각보다 훨씬 스트레스가 많았다면서 새벽 3시면 자다가도 눈이 번쩍 떠졌다고 한다. 학업도 생각보다 훨씬 어려워 아무리 공부해도 자기는 B+이상 받기 어렵겠구나 생각이 들었단다.

그렇게 시작한 공부를 4학기가 아닌 3학기 만에 마치고 다른 학교로 박사과정까지 가는 용기를 냈다. 그분이 돈이 여유 있어서도 아니고 필요하다고 생각해서 결정한 것이다. 처음 유학 가기로 결정할 때도 그렇고, 박사 과정 진학 결정도 마찬가지고 두려움 속에서 한 발 내딛는 용기가 존경스럽다. 그 분의 빠른 실행력과 집중력이 새롭게 도전하는 박사과정에서도 잘 발휘 되길 기대해 본다.

영화 〈블랙 호크 다운(Black Hawk Down)〉은 1993년 소말리아 모가디슈 전투를 영화로 만든 작품이다. 정치적 혼란에 최악의 가뭄까지 겹쳐 30만명이 죽어가는 소말리아에 군벌 아이디드가 UN이 지급한 구호품을 빼돌리고 평화유지군을 살해하는 일까지 생기자 미국은 레인저와 델타포스를 블랙호크 헬기를 통해 투입해 아이디드를 체포하는 작전을 개시한다. 하지만 적의 공격으로 블랙호크가 추락하면서 작전은 아이디드 체포가 아닌 추락자와 생존자 구출로 변경된다.

영화에서 고립된 미군들이 탈출하는 장면에서 부상병을 차에 싣고 지휘관이 운전병에게 출발하라고 명령하는데 운전병이 '저 총 맞았는데요'라고 말한다. 지휘관이 '나도 맞았다. 여기 총 안 맞은 사람이 어디 있냐? 여기서는 총 맞은 상태로 가는 것이다'라고 말하고 수백 명의 소말리아 민병대의 공격 속에서 탈출하는 장면이 나온다. 이 영화 속 장면은 문제 가운데서도 앞으로 전진해야 하는 현대인의 상황을 비유적으로 보여주는 듯하다.

미국에 엠파이어 스테이트 빌딩을 벽을 타고 기어 올라간 인간 스파이더

맨이 있다. 미국 고소공포증 협회에서 그를 강사로 섭외하기 위해 연락했다. 그러자 그 인간 스파이더맨이 하는 말이 '저도 협회 회원입니다'라고 말하는 것이었다. 알고 보니 그도 고소공포증을 극복하기 위해 시작한 암벽 등반의 수준이 어느 순간 월등해져 고층건물을 기어 올라가는 수준까지 발전한 것이다. 문제가 있다고 멈추어 설 것이 아니라 그것을 극복하려고 노력하는 과정 중에 재능이 개발된 것이다.

옥시 가습기 살균제 문제로 온 나라가 너무나 많은 아픔을 겪었다. 책임을 지지 않으려는 옥시의 문제인가, 인허가를 내준 담당 부처의 문제인가, 유통업체의 문제인가 그 책임은 앞으로 가려질 것이다. 하지만 누군가는 그 상황을 보고 저런 상황이 다시 안 생기게 할 방법이 없을까 고민하고 새로운 제품을 개발했다. 생수병을 바로 연결해서 물통 자체를 없앤 가습기를 개발한 것이다. 똑같은 상황을 보고 열받은 사람이 있는가 하면 한발 더 나가서 문제를 해결하기 위해 노력하는 사람이 있다.

기업이 원하는 인재는 어떤 사람일까? 한 마디로 표현하면 한 손에는 열정을, 다른 한 손에는 재능이 있는 사람으로 표현할 수 있다. 재능만 있고 열정이 없는 사람은 조직에서 오래가지 못한다. 열정만 있고 재능이 부족한 사람은 일을 성취해 내지 못한다. 재능과 열정 둘 다 없는 사람은 입사 자체가 어렵다. 재능과 열정 둘 다 갖춘 사람이 기업이 원하는 인재이다. 그럼 이 두 가지만 갖추면 될까?

조직이 정말 원하는 사람은 재능과 열정을 바탕으로 조직을 위해 희생하고 헌신하는 사람이다. 재능과 열정 두 가지를 갖춘 사람도 대단한 인재이지만 재능, 열정, 헌신 삼박자가 갖추어진 사람은 어느 조직에서도 인정받는 사람이 된다. 조직에서 임원이 되는 사람은 조직의 문제가 보이지만 그 문제를 뒷담화 대상으로 볼 것이 아니라 해결해야 할 프로젝트로 보고 문제의 상황을 해결하기 위해 애쓰는 사람이다. 〈미친 실행력〉 저자 박성진씨가 이런 사람 중 한 명이다.

대학교 졸업 후 첫 직장인 CU편의점에서 일하면서 자체 브랜드 CU우유가 거의 팔리지 않는 것을 발견한다. 2000원에 1,000ml 들어간 CU우유와 2,400원에 900ml 들어간 서울우유와 맛을 비교해 보면 아무런 차이가 없었다. 엄마들에게 왜 서울 우유를 선택하냐고 물었더니 '맛있다. 인지도가 있다, 품질이 좋다.' 세 가지로 압축이 되었다. 인지도는 손댈 수 없고, 주부들 대상으로 눈가리고 맛을 비교하게 하는 블라인드 테스트를 해보니 맛에서는 아무런 차이가 없음을 알았다.

우유 팩에 있는 CU 공장에 전화를 하니 매일유업에서 전화를 받았다. 알고 보니 매일유업 우유를 받아서 포장만 다르게 하는 것이었다. ESL 시스템으로 김연아가 나와서 광고하는 바로 그 우유였다. 그래서 이 부분을 강조하기 위해 홍보물을 만들려고 하는데 그가 있던 경북 안동에서는 만들 수가 없었다. 서울 종로 인쇄소에 휴가를 내고 올라와서 만든 커다란 우유곽 홍보물에 CU우유의 장점을 홍보했더니 이전과 비교가 안 되게 많이 팔리기 시작했다. 우유 판매 비법을 사내 게시판에 공유하고 다른 매장에서도 같이 적용하면서 CU 브랜드 우유 전체 매출이 급상승했다.

그 일을 계기로 나중에 CU 회사가 아닌 매일유업에서 우유를 많이 팔아

줘서 고맙다고 표창장에 외식 상품권을 선물로 받을 정도로 인정을 받게 된다. 문제의 상황을 보고 가만히 손 놓고 있는 게 아니라 자신의 휴가까지 써 가면서 문제를 해결하기 위해 발품 팔면서 노력한 결실을 본 것이다. 책에 보면 저자가 소비자 입장에서 불편을 해소하기 위해 애쓰면서 만든 여러 성공스토리들이 나온다. 문제가 있을 때 불평불만에서 그치지 말고 해결을 위해 한발 더 내디뎌보자!

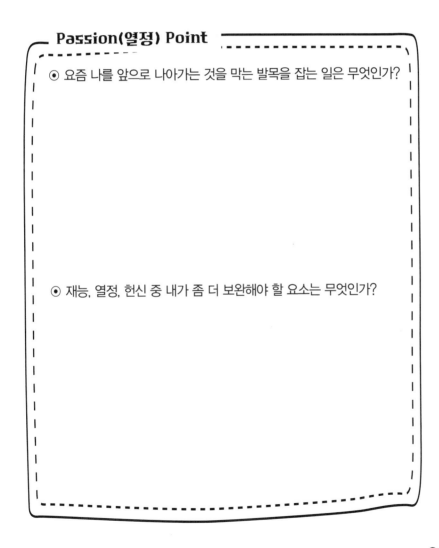

Passion(열정) Point

⊙ 요즘 나를 앞으로 나아가는 것을 막는 발목을 잡는 일은 무엇인가?

⊙ 재능, 열정, 헌신 중 내가 좀 더 보완해야 할 요소는 무엇인가?

김대형이 만난
A⁺ 리더
두번째.

〈한만두식품 남미경대표 인터뷰〉

직원들 인사로 '사랑합니다.'로 하는 독특한 회사가 있다. 114 전화번호 안내에서 한동안 첫 멘트가 '사랑합니다. 고객님'해서 이슈가 된 적이 있었다. '언제 봤다고 사랑한다고 말하느냐?' 따지는 사람도 있고, 사랑한다는 말을 듣고 싶어서 114에 전화한다는 사람도 있었다. 사랑한다는 말은 우리가 늘 듣고 싶은 말이지만 인사말로 '안녕하세요' 대신 회사 내에서 그렇게 인사하는 회사는 대한민국에 한만두식품밖에 없을 것이다.

하지만 이 인사가 그냥 한번에 나온 것은 아니다. 남미경 대표는 일본에 감사경영을 하는 업체에 관한 책을 읽고 우리 회사에서는 어떻게 적용해 볼까 하다가 '감사합니다'는 말보다 '사랑합니다' 말이 더 좋아서 3년 동안 직원들을 만나면 '사랑합니다' 라고 인사했다. 3년 동안은 혼자 외롭지만 줄기차게 했는데 올 초 직원들이 워크숍을 가서 새롭게 행동습관 7가지를 정하면서 인사를 '사랑합니다'로 하기로 정하게 되었다. 부작용으로 남대표는 외부 식당에 가서 종업원들에게도 '사랑합니다' 인사를 한 단다.

한만두식품 남미경 대표는 화장품 외판사원으로 사회생활을 시작했다. 외판사원으로 처음에는 문전박대 당하기 일쑤였지만 제품들을 본인이 직접 써보고 제품들의 장점을 이해하고 설명하고 시제품을 사용하도록 하면서 영업사원으로 자리를 잡는다. 그러다가 보험 영업을 하면 돈을 잘 번다는 말에 업종 전환을 한다. 보험영업 사원으로도 특유의 친화력을 바탕으로 해서 고객들을 확보해 나간다. 그러던중 우연한 기회에 만두 총판을 해보지 않겠냐는 지인의 권유로 만두 총판 사업을 시작한다.

1999년 1차 만두 파동때 큰 위기를 겪는다. 만두에서 대장균이 검출돼서 큰 사회 이슈가 되었다. 만두 총판으로 시작한 사업이 잘 되다 어느 날 제조회사가 문을 닫자 예상치 못한 위기를 겪게 된다. 이 위기를 기회로 삼아 직접 만두를 만들어봐야지 하는 각오로 새롭게 만두제조 회사를 직접 차린다.

2007년에 2차 단무지 파동어 생겨서 만두 업계 전체가 큰 어려움을 겪는다. 단무지를 비위생적으로 처리해서 만두에 넣는 업체가 TV에 방영이 돼서 만두 업계 전체의 불신으로 주문전화가 한 통도 안 온다. 억울한 건 단무지를 사용한 업체가 20곳이었고 한만두는 단무지를 사용하지도 않았는데 만두업체라는 이유만으로 도매급으로 처리된다. 당시 비관해서 자살한 만두공장 사장도 있었다. 시설을 크게 새로 확장해서 공장을 운영하다 뜻하지 않은 큰 난관을 만나서 좌절한 것이다.

어렵고 힘든 시기를 어떻게 극복했냐고 했더니 어려서부터 돈 문제로 어려움을 많이 겪어서 근육이 발달돼서 웬만한 어려움은 견디고 이겨내는

맷집이 생겼다고 한다. 학창시절에는 학비가 없어서 학교에서 집에 가서 돈 받아오라고 해서 집에 가서 울며 엄마에게 애걸해도 돈을 못 받는 힘든 경험도 있었다. 학교 갈 차비가 없어서 버스 차장에게 이 핑계 저 핑계 대면서 버스를 타기도 했다. 어려서부터 겪었던 많은 어려움들이 돈 문제와 관련해서 눈 하나 까딱 안 할 수 있는 사람으로 만들어 주어서 힘든 시기도 잘 견뎌냈다.

한만두식품의 또 한번의 위기는 식품제조업체에 HACCP 인증이 필수가 되면서 찾아온다. 회사 13년만에 찾아온 가장 큰 위기였다. 아줌마 몇 명 데리고 하던 만두공장이 인증을 받으려면 넓은 부지에 새롭게 시설을 설치하고 해야 하는데 돈 여유가 없었다. 우여곡절 끝에 기적같이 돕는 분이 나타나 공장 대지를 사고 공장을 새로 짓고, 시설을 설치하게 된다. 이 와중에 빚으로 모든 과정이 진행되면서 같이 일하던 친인척 들은 회사가 곧 망할 거라 확신하고 회사를 다 떠나게 된다. 덕분에 많은 중소기업들이 성장하면서 겪게 되는 친인척 이슈가 사라진다.

지금은 갈비만두, 쭈꾸미만두, 클로렐라 만두, 동태 만두 등 70여종 만두를 만들면서 연매출 130억 규모로 성장했다. 김선생, 계절밥상이나 자연별곡 등에 가면 만두가 인기인데 그곳에 있는 만두 들도 다 한만두에서 납품한다. 기대했던 대로 매출이 오르지 않아서 회사가 어려워져 전기, 수도, 직원들 4대 보험료도 몇달 못내는 난처한 상황까지 갔을 때가 있었다. 바로 그때 삼둥이가 TV프로그램에 나와 김선생에서 갈비만두를 맛있게 먹는게 SNS를 타고 엄청난 인기를 누렸다. 그 당시 갈비만두를 만드는 곳은 대한민국에서 한만두밖에 없었다. TV에 간접광고를 한 것도 아닌데 사람들이 인터넷을 통해서 다 찾아서 주문하게 되면서 회사는 비약적인 성장을 한다.

처음부터 회사 매출이 좋았던 것은 물론 아니다. 초기에는 한 달에 2천만원 정도 했다. 여름 같은 비수기에는 500만원에서 1,000만원으로 떨어지기도 했다. 잘되면 5,000~6,000만원 정도 했다. 그러다 경영에 대해 남대표가 공부하기 시작하면서 회사 매출은 2배씩 성장하게 된다. 월 1억 하던 매출이 2억, 2억이 3억 되고, 그 다음해에는 3억이 4억 되고, 4억이 7억되고, 7억이 10억 되면서 매년 거의 두 배의 기적 같은 성장을 이루고 있다.

전 직원 대상 강의하러 간 적이 있는데 개인적으로 놀라움을 금할 수 없었다. IT나 새로운 스타트업이 2배의 성장을 이어간다면 놀랍지 않겠으나 나이 드신 할머니부터 고등학교를 졸업하고 막 들어온 젊은 친구까지 어느 동네에서나 쉽게 볼 수 있는 남녀노소 다양한 사람들을 데리고 회사의 놀라운 성장스토리를 써 가고 있다는 게 정말 놀라웠다. 회사가 그렇게 성장할 수 있었던 비결이 너무나 궁금했다. 그 비결을 남대표에게 물어봤다.

비결은 조직의 문화를 건강하게 만든 데 있었다. 본인이 영업 출신이라 영업을 잘 할 줄 알았는데 신규 영업을 하는 담당자도 없었다. 비결은 전 직원이 같이 책을 읽고 그 책에서 나온 내용을 현장에서 적용하려고 노력하면서 조직에 가치를 더하기 시작했다. 독서경영을 전직원을 대상으로 시작한 것이다. 책과 거리를 두고 살아 온 지 오래된 직원들이 책을 보는 게 쉽지 않았다. 그래서 남대표는 근무시간 중에 책 읽을 시간을 내고 책도 주고 독서를 하게 했다. 만두 빚는 작업장에서, 탈의실에서, 식당에서 삼삼오오 모여서 같이 책을 읽고 직원들이 의견을 내기 시작했다.

한편 매달 자원봉사 활동을 하면서 직원들이 자신이 하는 일뿐만 아니라 남을 돕는 일에서 보람을 찾고 의미를 발견할 수 있도록 도왔다. 전 직원 필수로 한 것은 아니고 토요일에 원하는 사람들에 한 해 같이 하면서 봉사활동을 시작했다. 매월 월별 행사를 하면서 장기자랑, 볼링대회, 휴가철에는 사진 콘테스트 등 다양한 문화행사를 하면서 조직문화를 바꾸기 시작했다. 직원들의 기분이 좋아지고 사기가 올라가면서 만두가 맛있어지고 고객들이 알아서 주문을 늘려가기 시작한다.

한만두의 사명은 '우리는 직원의 행복을 추구하며, 고객에게 맛있고 건강한 먹거리를 제공한다'로 이를 지키기 위해 비전 2020 '대한민국 모든 국민에게 1년에 1회 이상의 감동을 준다'를 설정한다 그리고 신제품 개발능력과 지식발굴, 즐겁게 일하는 공동체 문화를 핵심역량으로 정했다. 8년연속 매출 50%성장, 한만두 외식사업 100개 매장, 만두 전문 외식 브랜드 인지도 1위, 축산 유통 및 가공사업 진출, 제2 공장 설립, 연수원 설립, 입사경쟁률 100:1인 회사가 되는 것을 목표로 매출 1,000억하는 회사가 되기 위해 노력하고 있다.

비전을 이루기 위한 핵심 습관 7가지를 매일같이 실천하기 위해 부단한 노력을 하고 있다.

1. 눈 마주치고 웃으며 인사합시다. "사랑합니다."

2. 이름 뒤에 '님'을 붙여 호칭한다.

3. 대화는 상대방을 칭찬하고 시작한다.

4. 어떤 의견에도 긍정적으로~

5. 욱하는 마음은 고이 접어 창문 너머로

6. 오늘 공유할 것은 오늘 공유한다.

7. 시간을 잘 지킨다(약속시간 5분 전 도착)

직원들이 이 습관을 매일같이 실천하면 회사의 성장과 발전은 자연스럽게 따라올 것이고, 앞으로1,000억 매출에 직원 1,000명이 이렇게 살게 되면 대한민국에 좋은 영향력을 끼치는 날이 오게 되리라 남대표는 확신한다. 이를 위해 습관마다 담당 부서를 정하고 이를 생활화하기 위해 점검하고 노력하는 모습을 보면서 배스킨라빈스 31 같은 만두 프랜차이즈 브랜드가 생겨서 전 국민의 사랑을 받는다는 남미경 대표님의 꿈이 허황된 것이 아니라 곧 이루어질 가까운 미래라는 확신이 들었다. 그 날이 속히 오기를 기대하면서 한만두의 성장스토리가 계속 이어지기를 바란다.

가장 지혜로운 사람은 배우는 사람이고,
가장 강한 사람은 자신을 이기는 사람이며,
가장 행복한 사람은 항상 감사하며 사는 사람이다.

- 〈탈무드〉 -

CHAPTER 3
Learning
📖 학습

나는 배웠다
— 오마르 워싱턴

나는 배웠다.
다른 사람이 나를 사랑하게 만들 수는 없다는 것을.
내가 할 수 있는 일은 사랑 받을 만한 사람이 되는 것뿐임을.
사랑을 받는 일은 그 사람의 선택에 달렸으므로.

나는 배웠다. 아무리 마음 깊이 배려해도
어떤 사람은 꿈쩍도 하지 않는다는 것을.
신뢰를 쌓는 데는 여러 해가 걸려도
무너지는 것은 한 순간이라는 것을.

인생에선 무엇을 손에 쥐고 있는가 보다
누구와 함께 있느냐가 더 중요하다는 것을 나는 배웠다.
우리의 매력은 15분을 넘지 못하고
그 다음은 서로 배워가는 것이 더 중요하다는 것을.

나는 배웠다. 다른 사람의 최대치에 나를 비교하기보다
내 자신의 최대치에 나를 비교해야 한다는 것을.
또 무슨 일이 일어나는가 보다
그 일에 대해 어떻게 대처하는가가 중요하다는 것을.

무엇을 아무리 얇게 베어내도 거기엔 늘 양면이 있다는 것을.
어느 순간이 우리의 마지막이 될지 모르기 때문에
사랑하는 사람에겐 언제나 사랑의 말을 남겨놓고 떠나야 함을.
더 못 가겠다고 포기한 뒤에도 훨씬 멀리 갈 수 있다는 것을.

결과에 연연하지 않고 마땅히 해야 할 일을 하는 사람이
진정한 영웅이라는 것을 나는 배웠다.
깊이 사랑하면서도 그것을 드러낼 줄 모르는 이가 있다는 것을.
내게도 분노할 권리는 있으나 남을 잔인하게 대할 권리는 없다
는 것을.
멀리 떨어져 있어도 우정이 계속되듯 사랑 또한 그렇다는 것을.

1

세상이 나를
필요하게 만들기

기억력이 있다는 것은 훌륭한 것이다.
그러나 진정 위대함은 잊는데 있다.
- E. 허버드 -

강변북로를 지나 자유로를 신나게 달려서 파주에 가면 반구정(伴鷗亭)이
라는 정자가 있다. 장어구이로 유명한 식당이 바로 옆에 있어서 식당 이
름으로 알고 있는 사람들도 있지만 원래 그곳은 조선시대 황희 정승이
1449년(세종 31년) 87세의 나이로 18년간의 영의정을 마치고 은퇴해서
갈매기를 벗삼아 여생을 보낸 곳이다. 필자의 모교인 압구정고등학교의
압구정(狎鷗亭)의 의미도 한명회(韓明會)가 은퇴 후에 갈매기(鷗)와 친하
게(狎) 지낸 정자 이름에서 유래했다.

가보면 놀라게 되는 것은 황희 정승의 나이다. 87세의 나이에 은퇴한 것
도 대단하지만 맡고 있던 역할이 영의정이었다는 사실을 알면 더 놀랍다.
조선시대 왕의 평균 수명이 47세, 양반이 50대 초반 정도였는데 89세를
살았으니 요즘으로 치면 100세 이상 산 것으로 봐야 하지 않을까 싶다.
요즘 시대에도 70대에 공직에 있다고 하면 대단한 것인데 80대까지 활동
하고 은퇴한 황희 정승은 정말 존경 받을 만한 사람이라는 생각이 든다.

사람의 평균 수명은 20세기 들어와 의학의 발전과 함께 급격히 늘기 시작했다. 하지만 기업의 수명은 날이 갈수록 줄고 있는 게 현실이다. 일본 니케이 비즈니스가 1896년 이후 100년간 100대 기업의 변천사를 조사했는데 일본 기업의 평균 수명은 30년이다. 미국 대기업도 2,000개를 샘플로 선정해 평균 수명을 조사했는데 10년 정도다. 미국 자동차산업을 예로 보면 1910년에는 200여 개, 1930년대는 20개사, 1960년대는 4개사로 급격하게 줄어든 것을 알 수 있다. 현재는 GM, 포드, 크라이슬러 3곳이다. 한국도 기업 수명을 조사해 보면 평균 10년이다.

현재 한국인 평균 수명이 2011년 기준으로 여자는 84세, 남자는 77세다. 기업의 평균 수명은 해가 갈수록 짧아지는 게 현실이다 보니 은퇴할 때까지 원하든 원하지 않든 3~4개 직장을 갖는 것이 자연스러운 시대가 되었다. 대학교 동기들이 대학을 졸업하고 10년 되었을 때 송년 모임에서 옮긴 직장을 조사해 보니 10년 만에 직장 두세 곳을 옮기는 것은 자연스러운 현상이었다. 직장을 옮기는 과정에서 자신이 하던 일과 비슷한 일로 옮길 수 도 있지만, 새로운 업종으로 옮기는 경우도 낯설지 않다. 이제 배움은 평생 가져가야 할 중요한 키워드가 되었다.

경영대학원 다닐 때 교육대학원 과목을 몇 개 수강했다. 그때 교수가 미국에서는 교육학과가 없어지는 추세라고 말해서 적지 않이 놀랐다. 그럼 교육의 중요성이 약해진다는 의미인가 했더니 그게 아니라 교육(teaching)에서 학습(learning)으로 큰 축이 옮겨가는 중이라고 한다. 정규 기관에서 교육을 받을 수 있는 시기는 초·중·고등학교를 다 합해도 12년이다. 여기에 대학교 4년을 더하면 전체 16년이 되는데 교육의 기간은 16년이지만 학습의 기간은 적어도 30년이라고 볼 수 있다.

변화가 심한 요즘 시대에는 학교에서 배운 지식이 현장 지식과 갭이 크다. 박사학위를 취득해도 유효기간이 5년을 못 간다고 얘기한다. 흔히 교육의 효과를 얘기할 때 교육 기간만큼의 효과가 있다고 본다. 3개월 과정을 들었으면 3개월의 효과가 있고, 1년 과정을 들었으면 1년 효과가 있고, 박사학위를 받는데 5년이 걸렸으면 5년의 효과가 있다고 얘기한다. 좋은 과정은 교육 기간의 두 배의 효과가 있다고도 얘기한다. 여러분이 받은 교육 중에서 나름 의미 있고 변화를 가져왔던 교육 과정을 생각해 보라. 크게 차이가 나지 않을 것이다.

앨빈 토플러는 "21세기의 문맹자는 글을 읽을 줄 모르는 사람이 아니라 학습하고 교정하고 재학습하는 능력이 없는 사람이다."고 얘기한다. 글자를 못 읽는 게 문제가 아니라 자신에게 필요한 것들을 배우고 학습하는 능력이 중요하다는 얘기다. 한국 컴포트 슈즈 분야에서 1위를 달리는 안토니의 김원길 대표는 중졸 학력으로 오늘의 자리에 오른 비결을 《불타는 구두를 신어라》에서 이렇게 밝히고 있다.

진짜 공부는 '세상이 나를 많이 필요로 하게 만드는 과정'이다. 세상은 영어 이외에도 다양한 조건을 필요로 한다. 전문적인 한 분야의 지식, 상대방을 배려하는 매너와 성실함까지 책상에서 얻을 수 없는 것들이 많이 있다. 머릿속에 아무리 많은 지식이 들어 있어도 사회에서 필요로 하는 게 아니면 쓸모가 없다. 세상이 필요로 하는 것, 그 중에서 나에게 가장 잘 맞는 것을 선택해 갈고 닦는 게 진짜 공부다…

나는 진짜 공부를 '세상이 필요로 하게 나를 갈고 다듬는 것'이라
고 정의 내렸다. 세상은 늘 변했다. 어제도 변하고 오늘도 변하고
내일도 변할 것이다. 하지만 세상이 아무리 변해도 사람은 늘 필요
하다. 그 흐름에 맞춰 세상이 나를 필요로 하게 만드는 작업이 공
부다. 다른 것이 아니다. 당장 써 먹을 수 없는 거라면 아무리 머
릿속에 많은 지식이 들어 있으면 무엇하겠는가? 세상이 필요로 하
는 것, 그 중에서 나에게 가장 잘 맞는 것을 선택해 갈고 닦으면
그게 바로 진짜 공부다.

이제부터 자신에게 필요한 공부를 찾아보자. 자신의 가치를 올리고 생활
을 보다 풍요롭고 윤택하게 할 수 있는 공부를 시작해 보자. 어느 분야든
그 탁월함의 시작은 자신이 현재 하고 있는 분야의 지식을 쌓는 것부터
시작이 된다.

Learning(학습) Point

⊙ 내 일에 도움되는 가장 최근에 배운 지식은 무엇인가?

⊙ 세상이 나를 필요하게 만들기 위해 배워야 할 분야가 있다면
무엇 입니까?

2
최고의 리더가
되는 4가지 방법

> 참된 발견은 새로운 땅을 발견하는
> 것이 아니라 새로운 눈으로 보는 것이다.
> – 마르셀 프루스트 –

(사)한국코치협회 이사로 있을 때 SK 김신배 부회장을 인터뷰하러 간 적이 있었다. 분기에 한 번씩 발행되는 코치협회지 표지 인물 인터뷰를 위해 한스코칭 대표인 한숙기 코치와 가게 됐다. 인터뷰는 한숙기 코치가 진행하고 필자는 협회 홍보위원장으로 같이 동행을 했다. 개인 자격으로는 평소에 만나기 어려운 분을 코치협회 덕분에 만날 수 있었다.

김신배 부회장은 SK텔레콤 사장 재직 시 매니저들 교육에 코칭을 처음 도입한 분이다. 다른 교육들은 과정을 듣고 나면 '좋았다'는 피드백을 참가한 매니저들에게 받는데 코칭 교육을 도입하고 나서는 '아내와 관계가 좋아졌다', '애들과 관계가 개선되었다'는 피드백들을 받게 되었다고 한다. 본인도 코칭에 관심을 가지고 코치 자격증을 직접 취득하고 사장단을 코칭한다고 말했다.

인터뷰를 통해 좋은 인사이트를 많이 얻을 수 있었는데 기억에 남는 것

에이플러스 – 변화와 성장을 위한 5가지 열쇠 –

중 하나는 인생을 대학에 비유한 부분이었다. 각자 자기 나이에 들어야 할 필수과정과 선택과정이 있고 그것들을 잘 마쳐야 다음 단계로 넘어갈 수 있다는 말이었다. 피터 드러커는 한 분야에 집중해서 관심을 가지고 몇 년 동안 독학으로 전공한 다음에는 전공을 계속 바꾸면서 새로운 분야를 개척해 나갔다고 한다. 올해 나는 O학년 O반 학생인지, 배워야 할 것들을 잘 배우고 있는지 돌아보게 된다.

미국에서 열리는 글로벌 리더십 서밋이라는 행사에 참석했다가 최고의 리더가 되는 4가지 중요한 키워드를 들었다. 필자가 삶에 적용하고 나름 큰 효과를 본 방법이다.

첫째는 '독서'다. 내용을 발표하는 강사는 본인 스스로 열렬한 학생으로 어디를 가든지 리더십 관련 책을 두 권은 꼭 가지고 비행기를 탄다고 했다. 어디를 가든지 비행기나 기차 등을 탈 일이 있을 때는 꼭 책을 들고 다닌다. 필자가 멘토로 모시는 분 중에 대기업 CHO(Chief HR Officer)로 인사총괄 임원을 하는 분이 있는데 그분은 책을 읽을 시간을 만들기 위해 주말에 결혼식이나 돌잔치 등을 갈 때면 꼭 대중교통을 이용한다. 오산에 잔치가 있어 갈 때도 일산에서 지하철을 타고 가면서 이동시간을 이용해 책 읽을 시간을 내는데 '시간이 없어서 책을 못 본다고 말하는 사람은 거짓말이다'라고 명확하게 말한다. '책을 읽을 시간이 없는 게 아니라 책을 읽지 않아서 시간이 없는 것이다'라는 명언도 있다.

둘째는 '학습'이다. 코치와 강사는 배워서 남 주는 사람으로 1톤의 원석에서 1캐럿의 다이아몬드를 캐내는 마음으로 부지런히 배워야 한다. 대한민국을 넘어 글로벌 1%에 도전하는 리더들을 코칭하는 노윤경 코치는 '코치는 학습하는 죄인'이라고 까지 얘기한다. 삼성물산에서 임원생활을 한 후 코치협회 수석부회장으로 봉사한 오용호 코치는 '코치는 평생학습 자유인'이라고도 말하며 본인 스스로 그렇게 살려고 부단히 노력한다.

자신에게 필요한 부분, 자신의 가치를 올려줄 수 있는 부분을 찾아서 학습해 보자. 성공하는 리더들은 자신에게 필요한 부분이 어떤 것인지 찾고, 그것을 채우기 위해 노력하는 사람이다. 개인적으로 멘토로 모시는 최용균 비전경영연구소 대표님을 만나서 '제가 지금까지 이런저런 과정들을 들었는데 앞으로 어떤 과정을 들으면 좋을까요?' 하고 의견을 물어본 적이 있다. 몇 가지 화두를 주었고 그것들을 몇 년에 걸쳐서 하나씩 배워 나가고 있다.

셋째는 '자신보다 나은 사람들과 어울리기'이다. 내가 가고자 하는 분야에서 나보다 앞서가는 리더들이 있다. 그 사람들과 어울리면서 배울 기회를 만들어라. 지식에는 형식지와 암묵지가 있다. 형식지(形式知)는 책을 통해서 배울 수 있는 지식이고, 암묵지(暗默知)는 어깨너머로 배우는, 글로 표현되지 않은 지식이다. 암묵지를 배우는 데는 만남을 통해서 배우는 것이 좋은 방법이다. 어느 성공한 벤처 사업가는 "벤처를 창업하면 몇 년 안에 벤츠를 타든지 벤치에 나 앉게 된다"고 말한다. 사업에 실패해서 벤치에 앉지 않으려면 벤치마킹을 잘해야 한다. 보고 배울 점들을 하나씩 내 것으로 만들기 위해 노력하는 것이다.

뿌린 대로 거둔다고 한다. 많은 씨를 뿌리다 보면 그 중에는 말라 죽는 것도 있고, 자라다가 태풍이나 홍수처럼 외부 환경의 갑작스런 변화로 성장을 멈추는 것도 있다. 운 좋게 어려운 시기들을 잘 지나 결실을 보게 되는 것들도 생긴다. 좋은 씨를 많이 뿌리는 방법 중에 하나가 나보다 나은 사람들과 어울리며 그들의 좋은 생각, 습관들을 내 것으로 만드는 것이다. 좋은 씨앗을 많이 뿌리다 보면 결실을 보게 되는 게 분명히 있다.

필자가 진행하는 코칭 과정인 3Cs(Core Coaching Competencies) 과정을 통해 만나게 된, 대한민국을 대표하는 유머코치로 활동하는 최규상 코치는 아침마다 이런 기도를 한다고 한다. "오늘 만나는 사람을 사랑할 수 있기를, 사랑할 수 없다면 좋아라도 하기를, 좋아할 수 없다면 그 사람의 장점이라도 발견할 수 있기를!" 나보다 나은 장점이 없는 사람은 없다. 모든 사람을 대할 때 그 사람이 가지고 있는 장점을 찾으려고 노력하는 것은 매우 중요하다.

경영의 신으로 불리는 마쓰시타 고노스케는 "나는 배운 것도 적고 재능도 없는 평범한 사람이다. 그런데 사람들은 내가 경영을 잘한다거나 인재를 잘 활용한다고 평가한다. 나는 결코 그렇게 생각하지 않지만 한 가지 짚이는 점이 있다. 내 눈에는 모든 직원들이 나보다 위대한 사람으로 느껴진다는 것이다. 겉으로는 직원들을 꾸짖을 때가 많았지만 속으로는 늘 상대방이 나보다 위대한 사람이라고 생각했다."고 말한다. 모든 사람을 대할 때 위대한 사람으로 느낄 정도로 겸손하게 사람들을 대하니 직원들이 탁월한 성과를 낼 수밖에 없었으리라 본다.

넷째는 '모임에서 리더 역할하기'이다. 위의 세 가지 방법과 마지막 방법을 비교하면 20:80이라고 할 수 있다. 마지막 리더 역할하기가 80%의 중요성을 가진다. 작은 모임과 조직이라도 맡아서 운영해 보면 결코 쉽지 않음을 알 수 있다. 모임에서 총무를 한 사람이 다음에 회장이 되는 경우가 많다. 회장을 돕는 총무 역할을 하면서 사람들 한 사람 한 사람과 관계를 갖게 되고 그 사람들의 상황을 누구보다 잘 알게 되기 때문이다.

조직에서 인재개발이 어떻게 이루어지는가? 미국에서 열리는 ASTD라는 인사관련 가장 규모가 큰 컨퍼런스에서 2014년 발표한 자료에 의하면 70-20-10을 얘기한다.

70%는 실제 업무경험을 통해서 배우고 20%는 관계와 피드백이고, 10%는 공식 교육이라고 얘기한다. 현장의 실무 경험을 통한 배움이 가장 크다는 점을 명심하고 자기 일에서 최선을 다하자. 하루하루 보다 더 일을 잘하기 위해 하는 고민과 노력이 쌓이면 누구도 따라올 수 없는 자기만의 경쟁력이 된다.

수영이나 자전거 타기 등은 처음 배울 때 몸이 고생하지만 안 하다가 오래간만에 해도 금세 다시 할 수 있다. 그 이유는 몸으로 배우고 근육이 기억하기 때문이다. 리더 역할도 철저하게 몸으로 배운다. 한 번에 하나씩 배우게 된다. 본인이 속해 있는 모임에서 리더 역할 맡기를 두려워하지 말자. 자신의 능력이 계발되는 것은 바로 그 자리에 있을 때이다.

Learning(학습) Point

⊙ 인생학교에서 올 해 배운 중요한 교훈은 무엇인가?

⊙ 내가 속해 있는 모임에서 리더 역할을 맡기 위해 필요한 것은 무엇인가?

3 모든 리더는 독서가

> 지금도 철칙으로 지키고 있는, '잠자는 시간을 줄여서 책을 읽어
> 라'라는 가르침은 내 인생을 변화시킨 결정적인 가르침입니다.
> – 김양평(세계 최고, 최대 라미네이팅 업체 ㈜GMP 사장) –

한국에 알고 보면 대단한 사람이 참 많다. 그 중에 한 분이 김병완 작가다. 삼성전자 연구원으로 근무하다가 어느 가을날 나무에서 단풍이 힘없이 떨어지는 모습을 보고 조직에 계속 있을 때 자신의 모습이 저렇지 않을까 충격적으로 받아들인다. 독립을 해야겠다고 굳게 결심을 하고 아무나 쉽게 하지 못할 계획을 실행에 옮긴다. 3년 동안 연고도 없는 부산으로 내려가 도서관 근처에 집을 구한 후 매일같이 출근하듯 도서관으로 다니면서 하루에 10권씩 3년 동안 10,000권에 도전하는 프로젝트를 진행한다.

그리고 나서 3년이 안 되는 기간에 50여 권의 다양한 분야의 책을 출간했고 그 중에는 국립중앙도서관 대출 순위 10위 안에 드는 책도 출간했다. 국립중앙도서관에 수백만 권의 책이 있는데 그 중에 대출 순위 10위 안에 든다는 것은 정말 대단한 일이 아닐 수 없다. 매년 집을 옮겨가며 부산에서 힘든 시기를 버텼다고 하는데 그분의 아내 분도 참 대단하다는 생각이 든다.

시집을 만권을 읽으면 시가 자연스럽게 써진다는 말처럼, 이분은 이제 자연스럽게 인문, 독서법, 자기계발, 경영 등 다양한 분야를 다 커버하는 작가가 되었다. 책을 쓸 때는 한번 몰입해서 책을 쓴 후에 다시 검토도 하지 않고 출판사에 넘긴다고 한다. 독서로 인생을 바꾼 사람들이 많이 있지만 이 분처럼 집중적으로 독서에 몰입해서 인생을 바꾼 분도 없을 것이다.

미국에서 가장 부자 두 사람을 꼽으면 빌 게이츠와 워렌 버핏을 꼽는다. 그 두 사람의 공통점은 무엇일까? 여러 가지 공통점이 있을 수 있겠지만 그 중에 하나가 지독한 독서광이라는 점이다. 워렌 버핏은 26세에 고향 오마하에서 투자에 전념하면서 해마다 24퍼센트의 수익률을 거둔 끝에 세계 최고의 부자가 된다. 성공한 사람들이 겪는 실패나 좌절 없이 그러한 성공을 이룬 비결 중의 하나가 바로 독서다. 준비된 투자가였기 때문에 가능했던 것이다. 고등학교 시절에 경제 관련 책을 100권도 넘게 보았다고 한다.

빌 게이츠는 마이크로소프트 CEO로 있을 당시 '생각의 주간(Think week)'을 가진 것으로 유명하다. 1년에 두 번, 상반기에 한 번, 하반기에 한 번 일주일씩 자신이 읽고 싶은 책들을 싸 들고 들어가 다른 업무로 방해 받지 않으면서 집중해서 독서를 해 앞으로 사회의 흐름과 사업의 미래 전략적 방향을 정한 것이다. 사장이 되고자 하는 사람은 일주일에 한 권은 책을 봐야 한다는 말이 그냥 나오는 말이 아니다.

얼마 전 만난 분 중에 국내 의료기기 업체 중 1위 업체의 대표가 있다. 그분 표현으로 사장은 마케팅, 제조, 유통, 인사, 기술개발 전문가가 되어야 하고 필요할 때는 점쟁이도 되어야 한다고 말하는데 다양한 분야의 지

에이플러스 – 변화와 성장을 위한 5가지 열쇠 –

식을 익히는데 독서만 한 것이 없다. 만약 몸으로 부딪쳐서 모든 지식을 알아낸다면 인류문명 자체가 크게 발달하지 못했을 것이다. 2천년도 전에 공자가 전국시대 때 한 얘기를 《논어》를 통해 접할 수 있고, 예수나 부처가 한 얘기들을 접할 수 있는 것도 책이 있기 때문에 가능한 것이다.

한 분야의 책 100권을 읽으면 그 분야의 전문가가 되고, 500권의 책을 읽으면 세계적인 전문가가 된다고 한다. 다양한 책을 읽지만 자신의 분야를 특화해서 집중적으로 읽는 것은 결코 쉬운 일이 아니다. 책을 읽기만 했다고 전문가가 되는 것은 분명히 아니다. 지식을 현장에서 적용하면서 나만의 경험이 될 때 지혜가 된다. 책을 읽는 목표는 적용에 있다는 사실을 잊지 말자. 좋은 책을 읽고만 끝난다면 그 시간에 게임한 것과 아무런 차이가 없다. 지적유희만 즐긴 것이기 때문이다.

한 달에 한 권을 목표로 독서를 시작해 보자. 그게 익숙해지면 한 달에 두 권, 그 다음에는 1년에 50권을 목표로 도전해 보는 것이다. 1년이 52주인데 설과 추석 연휴가 있는 주를 뺀다고 하면 50주가 된다. 일주일에 책 한 권을 목표로 도전하는 것이다. 결코 쉬운 목표는 아니다. 새벽에 일어나 20분씩 꾸준히 독서를 하면 한 권을 읽을 수 있고, 출퇴근 길에 조금씩 읽어도 한 권을 또 읽을 수 있다.

독서경영으로 유명한 경영자 중에 준오헤어 강윤선 대표가 있다. 이 분은 코액티브 코칭 과정을 통해서 동기로 만나게 되었다. 이 분에 대한 전면 인터뷰가 〈조선일보〉 '위클리 비즈니스' 코너에 나온 적이 있었는데 그날 과정을 같이 수강했다. 아는 분이 신문에 전면 인터뷰가 나오는 일도 흔한 일이 아닌데 기사가 실린 바로 그날 3일 과정을 듣는 중에 하루를 같이 보낸 인연이 있다. 준오헤어에는 정직원이 2,500명이 넘는데 그 중에 연봉 1억이 넘는 직원이 200명이 넘는다고 한다. 직원들의 가치가 그렇게 높은 이유 중에 하나는 독서 경영을 통해 직원들이 내실을 기했기 때문이다.

그분에게 바쁠 텐데 언제 책을 읽냐고 물어봤다. "러닝머신 위에서 책을 본다."고 말했다. 직원 2,500명이 넘는 회사 대표가 얼마나 바쁘겠는가. 그런데 그 바쁜 와중에 운동하면서 책을 읽는다고 하니 시간이 없다는 핑계는 이제 그만 대자. 영어에 "All leaders are readers(모든 리더들은 독서가들이다)"라는 표현이 있다. 책을 보는 모든 사람이 리더가 되는 것은 아니지만 리더 중에 책을 많이 읽는 사람이 많은 것은 분명하다.

일주일 한 권을 목표로 시작 해보자. 생각이 바뀌어야 행동이 바뀐다. 생각을 바꾸는 데는 새로운 것을 접하는 게 필수다. 영화, 여행, 전시회, 뮤지컬 등 새로운 것을 접할 수 있는 기회는 많다. 그 중에 가격대비 성능 즉 가성비가 가장 높은 것이 독서라는 사실을 잊지 말자.

Learning(학습) Point

⊙ 내가 타임머신을 타고 역사적 인물을 아무나 만날 수 있다면 누구를 만나고 싶은가?

⊙ 그 사람에게서 어떤 부분을 배우고 싶은가?

에이플러스 – 변화와 성장을 위한 5가지 열쇠 –

4

역사적 인물들의
세 가지 공통점

나는 세상에서 가장 신나는 직업을 갖고 있다.
매일 일하러 오는 것이 그렇게 즐거울 수가 없다.
거기엔 항상 새로운 도전과 기회와 배울 것들이 기다리고 있다.
만약 누구든지 자기 직업을 나처럼 즐긴다면
결코 탈진되는 일은 없을 것이다.

— 빌 게이츠 —

청와대에 오래 출입한 기자가 본인이 만난 대통령들의 공통점 세 가지에 대해서 칼럼을 쓴 적이 있다. 자신이 옆에서 대통령들을 겪어 보니 세 가지 공통된 점을 발견할 수 있었다고 한다. 어떤 점들이 한국에서 대통령을 하는 분들의 공통점 이었을까? 첫째는 메모를 잘하는 분들이고, 둘째는 새벽 5시면 기상을 하고, 셋째는 운동 습관이 하나씩 있다고 한다. 정치인들의 민원이 들어오면 꼼꼼하게 메모를 하고 진척상황을 확인해서 해결을 해주고, 일찍 일어나서 하루를 시작하고, 자신만의 운동 습관으로 좋아하는 운동을 하나씩 가지고 있더라는 것이다.

김대중 대통령은 일산에 살 때 호수공원을 잘 돌았고, 김영삼 대통령은 등산을 좋아해서 민주산악회를 통해 등산을 즐기고 또한 조깅을 좋아해서 클린턴 대통령을 만났을 때 같이 아침에 조깅을 하기도 했다. 이명박 대통령은 테니스를 좋아하는 분으로 알려져 있다. 러시아의 부흥을 이끌고 있는 푸틴 대통령은 유도 마니아로 유명하다.

《독서쇼크》라는 책에 보면 송조은 저자가 역사적 인물들, 노벨상 수상자, 위인전에 나오는 인물 등 역사적으로 한 획을 그은 분들의 공통점을 찾기 위해 노력한 끝에 세 가지 공통점을 찾았다. 어떤 점들이 과연 그 사람들의 공통점이었을까?

첫 번째는 만남이었다. 미국 빌 클린턴 대통령이 어릴 적 케네디 대통령을 만나고 대통령에 대한 꿈을 품었고, 반기문 유엔 사무총장도 케네디 대통령을 만나서 글로벌 리더의 꿈을 키웠다. 헬렌 켈러는 설리반 선생님을 만났기에 위대한 인물이 될 수 있었다. 히딩크 없는 박지성을 생각하기 어려운 것과 마찬가지다. 노벨 과학상을 수상한 사람들을 통해서도 만남의 중요성을 알 수 있다. 몇 해 전에 일본 과학자가 노벨 화학상을 받았고 그다음 해에 노벨상 수상자가 또 일본에서 나왔는데 전년도 수상자의 스승이었다. 스승을 잘 만나서 제자의 인생이 바뀌기도 하지만, 제자를 잘 만나도 스승의 인생이 달라질 수 있는 것이다.

두 번째는 독서다. '인생에서 방향이 중요한가 속도가 중요한가?'라고 묻는다면 뭐라고 말하겠는가? 부산으로 가고자 하는데 영동고속도로를 열심히 달린다면 엉뚱한 방향으로 시간을 낭비하고 있는 것이다. 부산에 가려면 제대로 된 방향인 경부고속도로를 타고 가야 한다. 하지만 방향을 제대로 잡았다고 해서 문제가 다 해결되는 것은 아니다. 속도가 너무 느리다면 결코 목적지에 도달하지 못하기는 마찬가지다. 방향이 중요하지만 목적지에 제때 도착할 수 있는 속도도 중요하다. 부산에 갈 때 비행기는 못 타더라도 KTX는 타야 목적지에 빨리 도착할 수 있다. 무궁화호를 타고 가면 시간이 너무 오래 걸리게 된다.

하지만 방향과 속도에 대해 생각할 때 그 방향이 제대로 된 방향인지 질문하고 답할 수 있는 통찰력이 더 중요하다. 이런 통찰력을 길러주는 것 중 하나가 독서이다. 미래를 예측하게 해주는 능력은 사람의 전두엽에 있는데, 전두엽을 키우는 좋은 활동이 바로 독서다. 내가 제대로 된 방향으로 후회하지 않으면서 가려면 독서를 통한 통찰력이 꼭 필요하다. 링컨은 '나는 천천히 걷는 사람입니다. 그러나 뒤로 가지는 않습니다.'고 말한다. 본인이 정한 방향을 꾸준히 밀고 나가고 싶다면 독서를 통해서 제대로 된 방향을 정하길 권한다.

세 번째는 실행이다. 배운 것을 행동으로 옮기는 능력이 차이를 만든다. 미국에서 폴 멕케나(Paul McKenna)가 부자들의 성공 요인을 찾아봤더니 부자들은 새로운 정보를 접했을 때 24시간 안에 실천을 하는 사람들이었다. 앞으로 어떤 교육을 받든 이것 하나를 기억하면 두고두고 도움이 된다. 새로운 것을 접했을 때 24시간 안에 실천에 옮겨 보는 것이다. 행동과학자들이 생각과 행동을 조사해 보니 생각의 유효기간이 72시간이라는 걸 발견했다. 뇌에서 분비되는 호르몬인 도파민의 유효기간은 3일이고 그 시간이 지나면 행동으로 옮겨지기 어렵다. 우리가 흔히 말하는 작심삼일(作心三日)은 그냥 나온 말이 아니다. 상당히 과학적인 말이다.

어떤 좋은 생각에 대해 3일 이상 행동을 안 하면 실천으로 옮기지 못하게 된다는 것이다. 새로운 것을 실천하는 좋은 방법은 '작심'을 3일 이내로 계속 하는 것이다. 교회에는 수요 예배가 있어서 중간에 한 번 충전할 수 있는 기회를 만들어 주고, 네트워크 마케팅에 가보면 주중에 모임을 한 번씩 꼭 갖는 것을 볼 수 있다. 사람들의 동기부여가 약해질 때 동기부여를 해주기 위해서다.

《로마인 이야기》로 유명한 시오노 나나미는 말한다. "결단을 내리는데 시간이 오래 걸리는 사람을 비난해서는 안 된다. 정작 비난해야 할 사람은 결단을 내리고도 실행에 옮기는 데 시간이 걸리는 사람이다." 중국 공산당은 결정을 신중하게 내리지만 결정 내린 사항에 대해서는 엄청난 추진력으로 실행에 옮기는 것으로 잘 알려져 있다. 나이키의 광고 카피 'Just Do It'을 생각하며 실행에 옮겨 보자. 원하는 목표에 점점 다가갈 수 있다.

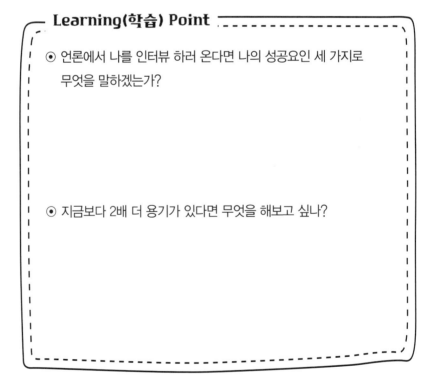

Learning(학습) Point

⊙ 언론에서 나를 인터뷰 하러 온다면 나의 성공요인 세 가지로 무엇을 말하겠는가?

⊙ 지금보다 2배 더 용기가 있다면 무엇을 해보고 싶나?

에이플러스 – 변화와 성장을 위한 5가지 열쇠 –

5
변화의
핵심요소
몇 가지

일을 하기 전에 어떻게 하는지 배워야 한다.
어떻게 하는지 배우려면 직접 해 봐야 한다.
– 아리스토텔레스 –

변화의 4단계가 있다. 학습을 얘기하면서 자주 언급되는 내용이다.

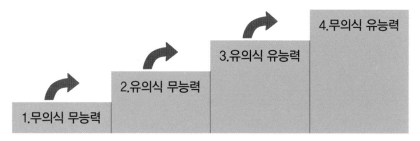

〈변화의 4단계〉

1단계는 무의식, 무능력, 2단계는 유의식, 무능력, 3단계는 유의식, 유능력, 4단계는 무의식, 유능력 단계다. 운전을 예로 들자면, 1단계는 내가 운전을 해야겠다는 생각도 없는 단계다. 그러니 당연히 운전에 대한 필요성도 느끼지 못하고, 운전을 어떻게 하는지도 모른다. 이것이 무의식, 무능력 단계이다. 그러다가 연애든 사업이든 '차가 있으면 도움이 되겠다'

는 생각이 들어서 '운전을 배워야겠다'는 생각을 하면 생각은 있으니 유의식이고, 아직 운전을 구체적으로 어떻게 하는지를 모르니 무능력으로 2단계에 오게 된다. 이제 운전면허 학원을 다니고 도로주행을 하면서 필자처럼 어렵게 7전 8기로 운전면허를 취득하면 초보 수준이기는 하지만 운전을 하려고 하면 할 수 있는 수준인 3단계 유의식, 유능력 단계가 된 것이다.

가끔 운전할 때 어떤 생각에 골똘히 빠져서 머릿속으로 온갖 생각을 하다가 목적지에 도착하는 경우가 있다. 그 순간 '내가 여기까지 언제 다 왔지?' 하는 생각이 든다. 더 이상 '운전을 어떻게 해야지'라는 생각은 전혀 들지 않고 차가 신체의 일부가 된 것처럼 자연스럽게 차만 타면 목적지에 잘 도착할 수 있는 수준인 4단계 무의식, 유능력 단계가 된 것이다. 기본적으로 위 네 가지 단계를 거쳐서 새로운 것을 익히게 된다.

다이어트를 생각해 봐도 마찬가지다. 처음에는 다이어트에 대한 생각이 전혀 없는 1단계 무의식, 무능력, 건강검진 결과를 받아보고 '비만이구나, 이대로는 안 되겠다. 뭔가 운동을 해야지' 하고 결심하는 2단계 유의식, 무능력, 헬스장을 다니고 마라톤이나 등산을 하면서 운동을 습관화하고 동시에 먹는 것에 주의하면서 체중을 감량하는 3단계 유의식, 유능력, 운동을 규칙적으로 하는 습관을 몸에 배게 하고 먹는 것도 칼로리 높은 음식을 자연스럽게 멀리하고 야채와 과일 위주로 하는 식습관으로 변화가 되면 4단계 무의식, 유능력 단계로 접어들게 된다.

새로운 것을 습관화하는 데 필요한 세 가지도 있다. 영어의 머리글자를 따면 ASK로, Attitude(태도), Skill(스킬), Knowledge(지식)이다. 첫 번째는 태도(Attitude)다. 내가 목표로 하는 것이 있다면 그것을 하고자 하는 마음이 있느냐이다. 태도가 우선이라는 것이다. 내가 더 이상 현재 상황을 받아들일 수 없고, 새로운 변화를 만들기 위해 어떤 것이라도 감수하겠다는 태도가 필요하다.

가까운 지인분이 어느 날 변비증상이 있어서 병원에 갔다. 진찰을 받았더니 큰 병원에 가보라고 했다. 정밀진단을 받아보니 직장암 말기 판정을 받아 3개월 살 거라고 진단을 받았다. 그분은 대학교에 들어간 딸과 병상에서 약속을 했다. "아빠는 지금부터 죽기살기로 살려고 노력할 테니, 너는 죽기살기로 공부를 해라!" 아빠는 비록 6개월을 넘기지 못하고 그 약속을 지키지 못했지만, 딸은 그 약속을 지켜서 4년 장학생으로 학교를 졸업했다. 공부를 열심히 하지 않던 학생이, 아빠와 한 약속을 지키려고 공부에 대한 태도를 바꾸고 부단히 노력한 끝에 모든 과목을 A+를 받으며 누구도 예상하지 못했던 전액 장학생으로 졸업을 하게 된 것이다.

두 번째는 지식(Knowledge)이다. 새로운 분야에 대해서 알고자 하면 필요한 지식을 습득하는 것이다. 안철수 씨는 독서광으로 유명한데 새로운 분야를 시작할 때면 그 분야 관련 책을 잔뜩 사서 정보를 얻는 것부터 시작한다. 바둑을 시작할 때도 책을 여러 권 읽고 나서 시작했다. 처음에는 배우는 속도가 느리지만 기본적인 룰만 익히면 머릿속에 있는 바둑 관련 지식과 스파크가 일어나면서 금세 수준이 향상된다. 배울 수 있는 분야는 무궁무진하다. 책을 통해서도, 온갖 세미나와 워크숍 등을 통해서도 얻을 수 있는 것이 너무나 많다. 내가 필요로 하는 지식이 무엇인지 확인하고 어디에 가면 배울 수 있는지 확인해 보자.

세 번째는 기술(Skill)이다. 새로운 것을 내 것으로 만들기 위해서는 구체적으로 행동으로 옮기면서 내 것으로 만드는 시간이 필요하다. 변화의 필요성에 공감을 하고 새로운 지식을 얻었는데도 변화가 없다면 내 것으로 만드는 데 필요한 기술을 익히지 못한 것이다. 예를 들어 돈 관리가 제대로 안 된다고 하자. 내가 이대로 살면 안 되겠다고 생각하고 태도를 바꾸고 재테크 관련 도서를 여러 권 읽고 이제 한번 해보자 생각해도 변화가 없는 것은 구체적으로 가계부를 새로 구입해서 작성하거나 가계부 어플을 다운 받아서 스마트폰으로 기록하는 구체적인 기술을 익히지 못했기 때문이다.

새롭게 안 지식을 몸에 익을 때까지 실천해서 기술을 익히는 것이 꼭 필요한 단계임을 잊지 말자. 변화를 만드는 사람과 그렇지 못한 사람의 차이는 바로 여기에서 판가름 난다. 변화가 필요할 때 ASK를 생각하고 부족한 부분이 어디인지 찾아보자.

Learning(학습) Point

⊙ 변화의 4단계를 머릿속으로 암기하고 기록해보자.

⊙ 변화가 필요한 부분에서 태도, 지식, 스킬 중 내가 강화해야 할 부분은 무엇인가?

6 작은 실패를
즐기자

피아노를 배우는 학생들이 있다. 비슷한 재능과 여건에서 시작했는데 6
개월이 지나면서 차이가 나기 시작한다. 어떤 아이들은 점점 더 실력이
늘기 시작하는 반면 다른 아이들은 점점 흥미를 잃어가기 시작한다. 과연
무엇이 이 학생들의 차이를 만들까? 조사를 해보니 피아노 배우는 것을
대하는 생각의 차이가 한 원인으로 밝혀졌다.

'피아노를 배워서 평생 쳐야지' 하고 생각하는 아이들은 시간이 갈수록
점점 실력이 늘었다. 왜냐고? 평생 할 거라고 생각했으니 실력이 늘도록
노력할 수밖에. 반면 다른 아이들은 몇 년 하다가 그만둘 거라고 생각하
고 시작을 하다 보니 초반에는 의욕적으로 시작했다고 하더라도 시간이
지나면서 슬럼프나 귀찮아지는 시기가 오는데 그 시기를 견디지 못하고
그만두게 된다.

조직에 몸 담고 있다가 강의와 코칭하는 쪽으로 업종 전환을 하게 되었

을 때 스피치 학원을 다녔다. 원래 내성적인 성격이라 사람들 앞에 나서는 게 쉽지 않았다. 무대 울렁증이 있었다. 사람들 앞에 서기를 수줍어하는 성격으로는 사람들 앞에서 서야 할 일이 많은데 대책이 필요하다 생각해서 종로에 있는 한국스피치센터를 다니며 말하는 법을 배웠다.

학원에 평생회원이 있어서 평생회원으로 접수를 했다. 종로에 살 때라 집에서 멀지도 않았고, 이 일을 평생 할 거라 생각했기에 평생회원이 되는 것도 나쁘지 않겠다 생각했다. 학원에 다닐 때 전국노래자랑이 사는 동네에서 열리는 기회가 있었다. 예선에 참여를 했다. 나간 목적은 딱 한 가지! 많은 사람들 앞에 서보는 연습을 해보기 위해서였다. 언제 수백 명 앞에 서는 연습을 무료로 해보겠는가.

예선에 나가기 전날 친한 친구에게 전화를 했다. "OO아, 나 내일 전국노래 자랑 예선 나간다."라고 했더니 그 친구 왈 "대형아, 너 노래 못하잖아." 그 친구는 결혼식에 축가를 불러 줄 정도로 노래를 잘하는 친구였다. 그 친구에게 노래에 대한 팁을 얻으려고 전화한 건 아니었고, 친한 친구라서 얘기한 거였는데 그렇게 솔직하게 말하니 할 말이 없었다. '상 타기 위해 나가는 게 아니라 많은 사람들 앞에 서 보는 연습하기 위해 나간다'고 속으로 다짐을 했다.

준비한 노래는 박상철 가수의 '무조건, 무조건이야'. 스피치 학원에 있는 노래방 기계로 열심히 연습한 후 예선 당일 날 갔다. 오디션을 시작하기 전에 담당 PD가 나와서 참가한 사람들을 놀라게 한다. "우리 프로는 일요일 낮 12시에 온 가족이 둘러앉아 재미있게 보는 TV 프로다. 주부 가요 열창이 아니다. 노래 잘하는 사람은 한 두 명이면 된다. 노래를 얼마나 재미있게 잘하느냐가 심사의 키포인트다. 반주 없이 노래 앞 두 소절을 부르라"고 얘기하는데 순간 당황스러웠다. 노래방 기계에 맞춰 연습을 했지 반주 없이 노래를 하리라고는 상상도 못한 것이다.

반주 없이 분위기 띄워 가면서 노래를 하기가 얼마나 어려운지 그때 처음 알았다. 그날만 해도 '무조건' 노래를 부르는 사람이 5명이나 되었고 나보다 다들 노래도 재미있게 잘했다. 수백 명이 늘어서서 무대 위에 한 명씩 올라가서 10~15초 정도 분위기 띄우면서 노래하는데 어떤 사람들은 노래를 못해도 복장이 특이하면 "혹시 다른 곡 준비해 온 거 없나요?" 하면서 한 번 더 기회를 주기도 했다.

오랜 기다림 끝에 무대에 올라갈 기회가 되었는데 무대 뒤에서 객석을 바라보니 생각지도 못한 일이 벌어졌다. 어머니가 동네 분들과 구경을 온 것이었다. 사람 많은 무대에 서 보는 연습을 하려는 게 목적이었던 관계로 필자는 주위에 알리지 않았는데 순간적으로 당혹스러웠다. '노래도 못하는데 내려갈까?', '아니야, 노래를 잘해서 온 게 아니라 무대 서는 연습하러 온 건데 그냥 해보자' 하는 두 가지 마음이 교차하는 가운데 노래할 순서가 왔다. 어머니는 생각지도 않고 있었는데 아들의 모습을 무대에서 보자 무척이나 반가워 하면서 큰 소리로 응원을 해주셨다. "김대형 파이팅!" 하지만 결과는 당연히(?) 예선 탈락이었다.

어머니는 그 후로 명절에 친척분들이 모이면 아들이 전국노래자랑에 나갔던 얘기를 하곤 했다. 우리 아들이 그럴 줄 몰랐는데 용감하다고. 재미

있는 건 몇 년 후 조카가 전국노래자랑에 나가서 같은 노래로 예선 통과를 한 것이다. 회사 동료들과 나왔었는데 노래는 같은 곡 '무조건'이었다. 동료 두 명이 무대 뒤에서 백댄서로 소품을 활용해 분위기를 띄워주고 조카는 어디서 빤짝이 옷을 구해 입고 춤을 추며 보는 재미를 제공해 TV 본선 무대에 나오는 영광을 얻었다.

개인적으로 속해 있는 다른 모임에도 평생회원이 있으면 평생회원이 되었다. 강사협회, 코치협회, 대학원 동문회 등 평생 같이 갈 거라 생각하는 모임에는 평생회원이 되었다. 평생회원이 되면 연회비를 매년 안 내도 되고 할인된 가격으로 행사 등을 이용할 수 있으니 장기적으로 보면 득이 되는 부분이 많다. 또 평생회원이 되면 좋은 점은 훌륭한 사람들을 만날 수가 있다는 것이다. 자기 일을 평생 할 거라 생각하는 사람들은 남다른 면이 있다. 자신이 하는 일을 평생 할 거라 생각하고 해보자. 그러면 어떤 부분들을 채워나가야 할지 보이기 시작한다.

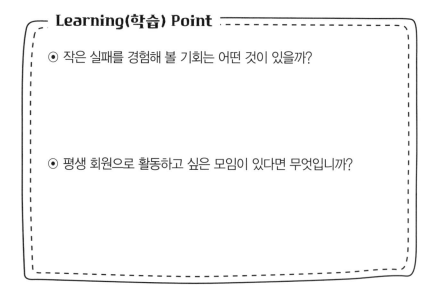

Learning(학습) Point

⊙ 작은 실패를 경험해 볼 기회는 어떤 것이 있을까?

⊙ 평생 회원으로 활동하고 싶은 모임이 있다면 무엇입니까?

7 고민을 줄이는 법

우리는 사물을 있는 그대로 보지 않고
우리의 모습대로 본다.

– 아나이스 닌(Anais Nin) –

새로운 것을 배우는 사람들의 고민이 있다. 여러분 중에도 겪어 본 분이 있을 것이다. 그것은 바로 아는 것과 행동의 차이로 인한 고민이 증가한 다는 것이다. 과연 해결책은 어떤 것이 있을까?《칭찬은 고래도 춤추게 한다》로 유명한 켄 블렌차드가 바로 이 문제에 대한 고민을 가지고 미국 에서 유명한 자기계발 전문가인 폴 마이어를 찾아가 답을 구한다. 폴 마 이어는 미국에서 회사를 수십 개 설립해 대기업을 이루었고, 지금까지 13 권의 책과 다양한 동기부여 프로그램을 개발해 인세만으로도 수익을 번 사람이다. 공동 작업으로 해결책을 찾은 결과물로 나온 책이《춤추는 고 래의 실천》이다.

이 책에서 실천을 못하는 이유 세 가지를 얘기한다. 첫 번째, 정보의 과 부하(Information Overload)이다. 한 마디로 너무 많은 것을 접한다는 얘기다. 두 번째 부정적 필터링(Negative Filtering)이다. 내용이 필터를 통해서 걸러지는데 부정적으로 받아들인다는 얘기다. 세 번째는 계속 추구해 나가려는 의지의 부족을 말한다. 작심삼일로 그치는 게 다반사라는 얘기다.

열심히 배울 때 저녁마다 다른 과정을 수강한 적이 있다. 상담학교, 최고경영자과정, 경영아카데미, 교회 제자 훈련 등 매일 밤마다 다른 과정을 들었다. 매일 밤마다 퇴근하고 듣는데 보통 피곤한 게 아니었다. 2주만 밤마다 매일 출석하면 주말이면 뻗을 지경이었다. 그런데 사람이 죽으란 법은 없다고 하다 보니 살 방법이 생겼다. 중간에 국경일이 있고, 강사 사정으로 한 주 쉬는 때도 생기고, 큰 행사가 있어서 모임이 없는 일도 생기는 등 살 방법은 있었다. 하지만 다시는 그런 미친 짓은 하지 않기로 했다. 학습(學習)에는 배우고(學) 익히는(習) 시간이 함께 가야 한다.

첫 번째 정보의 과부하에 대한 대책은, 사람들은 읽거나 들은 내용은 단지 일부만 기억에 남는다는 사실을 인식하고 많은 정보를 얻으려 하지 말고, 적은 정보라도 더 자주 반복하면서 읽고 배워야 한다고 강조한다. 새로운 내용에 대해 여섯 번 이상을 보면 영구 기억이 생긴다. 공부를 잘하려면 한번에 너무 깊이 파고들 게 아니라 얇게 여러 번 보는 것이 더 좋은 방법이다.

소수의 핵심적인 개념에 초점을 맞추어 여러 번 반복함으로써 그 생각이나 기술을 깊이 파고들어야 한다. 일정한 간격을 둔 주기적인 반복이야말로 정보의 과부하에 대한 해결책이다. 선거에서도 특정 후보에 대한 단순한 이미지나 문구를 지하철 출근길 인사, 선거 홍보물, 유세차, 전화나 문자 연락, 플래카드 등을 통해 지속적이고 반복적으로 유권자에게 전달

에이플러스 – 변화와 성장을 위한 5가지 열쇠 –

하는 과정을 통해서 핵심 메시지를 유권자가 기억하게 한다.

두 번째 부정적 필터링의 원인은 어린 시절 무조건적인 사랑과 지지를 받지 못한 탓으로 자신과 남을 불신한다. 결과적으로 우유부단하고 폐쇄적이며 두려워하고 비판하는 마음으로 사물을 바라보고 정보를 걸러내게 된다. 이는 결과적으로 부정적인 사고로 이어진다. 부정적 사고가 문제가 되는 이유는 우리가 보고 듣는 모든 것 중에서 지극히 일부만 배우고 활용하게 만들고 우리가 할 수 있는 것 중에서 일부분만 성취하게 만들기 때문이다.

해결책으로 역(易)피해의식(Inverted Paranoid)을 제안한다. 역피해의식이란 말 그대로 피해의식과 반대로 생각하는 것이다. 피해의식을 가지고 있는 사람들은 항상 다른 사람들이 자신에게 해를 끼치기 위해 음모를 꾸민다고 생각한다. 반대로 역피해의식을 가진 사람은 세상이 나를 위해 항상 좋은 일을 계획하고 있다고 믿는다. 춘천을 가는데 서울춘천 고속도로를 이용해 간다면 나를 위해서 고속도로를 건설했다고 믿고, 반포대교를 다니는데 화려한 분수가 나오면 서울시가 나를 위해 분수를 설치했다고 믿는 식이다. 자신에게 어떠한 일이 생기더라도 모든 일을 긍정적으로 받아들이는 사람이다.

세 번째는 계속 추구해 나가려는 의지의 부족이다. 습관을 바꾸고 원하는 결과를 얻기 위해서는, 감나무 밑에서 감이 떨어지기를 기다리는 것 같은 요행을 바라는 마음으로는 안 된다. 확실한 사후관리 계획을 세워야 한다. 사후관리 계획을 세울 때는 체계적인 시스템과 지원, 책임감 세 가지가 꼭 필요하다. 이게 빠지면 사후관리가 잘 이루어지지 않는다. 그렇게 되면 이전의 방식으로 돌아갈 수밖에 없다.

아는 분이 한의원에서 약을 먹고 세 달 동안 집중해 5kg 감량에 성공했다. 저녁 모임은 가급적 피하고, 식사 때는 한의원에서 주는 몸에 좋은 영양소가 골고루 들어간 분말을 쉐이크 형태로 먹었다. 하지만 정확히 3개월 후에 원래의 몸무게로 되돌아갔다. 사후관리가 제대로 이루어지지 않았기 때문이다.

다이어트에 성공한 사람들의 공통점 중에 하나는 매일 꾸준히 운동하는 습관을 몸에 익힌 사람들이었다. 새로운 지식을 익혔으면 실천을 통해 내 것으로 만들어야 그것이 체화된다. 영어 표현에 'Teaching is learning twice'(가르치는 것은 두 번 배우는 것이다)라는 말이 있다. 새로운 것을 접했을 때 다른 사람에게 알려주고, 보여주고, 시켜보고, 관찰하고, 나아진 부분을 칭찬하고, 부족한 부분은 바로 잡아주고 하면서 전달을 하면 내가 배운 것이 온전히 내 것이 된다.

2일간 진행하는 코칭 과정을 마치고 참가자들의 반응이 재미있다. 첫날은 '너무 좋았다. 유익했다'고 얘기하다가 다음 날은 '모르겠다. 더 어려워졌다'고 얘기하는 분들이 간혹 있다. 필자가 이 피드백을 받고 '다른 분들은 어떻게 생각하나요?' 하고 참가자들에게 물어본 적이 있는데 참가자 중에 미국에서 교육학 박사를 받고 전문 퍼실리테이터이자 임원코치로 활동하고 있는 한 분이 원을 그리며 명쾌한 답을 주셨다. "본인이 아는 부분이 작을 때는 그 원의 바깥 부분이 모르는 부분이다. 그러니 모르는 게 적을 수밖에 없다. 그러나 내가 새로운 것을 배워서 그 분야에 대한 인식의 폭이 커졌을 때는 원이 커지면서 내가 모르는 부분, 즉 그 원의 바깥 부분이 더 커지게 된다."

학창시절 공부를 안 하는 애들은 부모가 "공부 안 하냐?" 하고 물으면 "공부 다 했어요"라고 자신 있게 얘기한다. 자기가 아는 게 별로 없으니 모르는 것도 별로 없는 것이다. 하지만 공부를 많이 한 친구는 분야별로 부족한 게 눈에 띈다. 영어는 단어 암기가 더 필요하고, 독해에서는 읽는 속도가 느리고, 작문할 때는 필수 표현들이 익숙하지 않아서 잘 안 된다는 식으로 자신이 무엇을 모르는지 정확히 알고 있기에 해야 할 공부도 많아지게 된다.

공자님이 논어 학이편에서 한 말씀이 생각난다. 學而時習之不亦說乎(학이시습지 불역열호)라. '배우고 수시로 익히면 기쁘지 아니한가?' 배운 것을 수시로 연습하는 게 아는 것과 행동하는 것의 갭을 줄일 수 있는 해결책이다.

Learning(학습) Point

⊙ 내가 더 집중해서 파고 들어야 할 핵심 개념은 무엇이 있습니까?

⊙ 사후 관리를 위해 필요한 체계적 시스템, 지원, 책임감 중 어떤 부분이 부족하다고 느끼는가? 그에 대한 대책은 무엇인가?

8 환경의 변화를 활용하자

> 목적지에 이르기 위한 첫 번째 단계는 현 위치에
> 머물지 않겠다고 결심하는 것이다.
>
> – 피어폰트 모건 –

어릴적 다니던 초등학교를 다시 가 본 적이 있는가? 필자는 우리나라에 처음으로 생긴 초등학교에 다녔다. 학교 운동장에는 비석이 있었는데 그 비석에는 '이곳에서 대한민국의 초등교육이 시작되다.' 이런 문구가 있었다. 구한말 왕실의 자제들이 다니던 우리나라 최초의 초등학교가 교동초등학교다. 종로 낙원상가 바로 옆에 있는데 요즘은 입학생들이 적어서 폐교위기라는 기사를 가끔 보게 되면 초등학교 적 시절이 떠오르곤 한다.

모교를 가보면 한 가지 놀라게 되는 것이 있다. 예전에 학교 다닐 때 그렇게 커 보이던 운동장이 이렇게 작았다니. 정글짐 그 속에서 얼마나 많은 시간을 보냈는데 이렇게 아담한 크기였단 말인가 믿기지 않을 정도다. 그럼 과연 그 사이 무엇이 바뀌었을까? 초등학교가 시설보수공사를 해서 작게 만든 걸까? 물론 아니다. 내가 성장하면서 이제는 초등학생의 눈높이가 아니라 성인의 눈높이로 바라보니까 모든 것이 달라져 보이는 것이다.

우리나라에서 가장 많은 체인점을 가지고 있는 커피전문점은 어디일까? 스타벅스라고 답하는 분들이 많은데 2,000개가 넘는 점포를 가진 곳은 이디야(EDIYA)커피가 유일하다. 2014년 상위 10개 커피전문점 평균 폐점률이 10%인데 이디야커피는 1%대의 업계 최저 폐점률을 기록하고 있다. 한 마디로 영업을 잘하는 곳이다. 골목에서 저렴한 가격에 커피를 팔아서 맛을 보고 다시 찾게 한다는 가성비 높은 커피를 컨셉으로 사업을 잘해오던 이디야커피가 폭발적인 성장을 하게 된 계기가 있다.

몇 해 전에 중소기업 적합업종으로 대기업의 무분별한 점포 확장을 막기 위한 제도가 시행된다. 동네 상권을 지키기 위해 대기업 커피 전문점의 경우 500개이상 오픈을 못하게 막는다. 500개 미만으로 매장을 운영하던 이디야 커피는 대기업이 투자한 경쟁업체들이 신규매장 오픈을 못하는 상황이 되자 그 기회를 놓치지 않는다. 그때부터 골목상권에서 주로 오픈하던 전략을 바꾸어서 길가 대로변에도 매장을 오픈하기 시작한다. 2015년에만 356개 매장을 열고 2016년에도 300개 이상 매장을 오픈할 계획이다. 환경의 변화를 적극적으로 활용하여 국내 최대 커피전문점 매장이 되었다.

프루덴셜에서 보험 영업을 하는 경험이 많은 분에게 "영업할수록 경험이 많이 쌓여서 더 잘 되시겠어요?" 했더니 꼭 그렇지도 않단다. 고객에게 거절당한 경험도 많이 쌓이기 때문에 시간이 지날수록 무기력 해질 수 있기 때문이다. 노력해도 안 된다는 학습된 무기력(learned helplessness)을 배우게 되는 것이다. 학습된 무기력은 마틴 샐리그만 박사의 동물실험에서 발견한 현상이다. 환경이 바뀌어도 과거의 경험에서 자유롭지 못한 부분을 실험으로 밝혀냈다.

24마리의 개를 세 그룹으로 나누어서 상자에 넣고 전기 충격을 준다. 1그룹에는 개가 코로 버튼을 누르면 전기 충격을 스스로 멈출 수 있는 환경을 만들고, 2그룹에는 코로 버튼을 눌러도 전기 충격을 피할 수 없게 만들고, 3그룹은 비교 집단으로 전기충격을 가하지 않았다. 하루가 지난 후 다른 상자로 옮겨서 전기충격을 가한다. 1,3 그룹은 중앙의 담을 훌쩍 뛰어서 전기충격을 피했지만 2그룹은 전기충격을 피하지 않고 쭈그리고 앉아 전기충격을 그대로 받아들인다. 전 날 몸을 움직여도 어찌할 수 없다는 무기력을 학습한 것이다. 환경이 바뀌었는데도 아직도 나를 얽매고 있는 무기력한 기억들은 무엇인지 한번 생각해 보자.

폴란드에 가면 사람들이 많이 찾아가는 슬픈 역사를 간직한 관광명소가 있다. 히틀러가 전세계 유대인들의 1/3에 해당하는 600만명을 죽인 대표적인 곳 바로 아우슈비치 수용소다. 우리나라 군인 숫자가 60만명이니 600만이 얼마나 많은 숫자인지 알 수 있다. 그 입구에는 철학자 조지 산타야의 글이 있다. '역사를 잊는 민족은 미래가 없다.' 역사를 잊으면 역사는 반복되기에 잊으면 안 되고, 그 안에서 미래를 향한 교훈을 발견해야 한다.

지인분이 정신대 문제를 보면서 '만약 한일간에 전쟁이 또 난다면 지금은 그런 일이 다시는 생기지 않도록 할 자신이 있는가?' 묻는데 답을 바로 할 수 없었다. 이전에는 정신대 문제를 과거의 문제로만 생각했는데 그 질문에 답을 하려니 미래를 위해 무엇을 해야 할지 생각해 보게 하는 계기가 되었다. 지금은 물리력이 충돌하기 보다는 경제전쟁의 시대인데 이 시대에 내가 할 수 있는 것은 기업이 경쟁력을 갖추고 지속가능한 기업이 될 수 있도록 더 잘 돕는 것이리라 생각해 봤다.

과거를 바라보는 입장은 후회, 회한, 원망으로 볼 수도 있고, 감사와 깨달음 미래에 대한 희망이 될 수도 있다. 과거에 나를 아프고 힘들게 했던 부분들은 누구에게나 분명히 있다. 그런 안 좋은 기억들은 흐르는 강물에 잘 흘려 보내고, 그 안에서 감사해야 할 부분과 앞으로 살아가는데 필요한 깨달음과 내 안에 있었던 가능성의 씨앗은 무엇인지 찾아보자. 그렇게 한 후에 변화하는 환경에서 활용할 수 있는 기회가 무엇인지 잘 찾아보자.

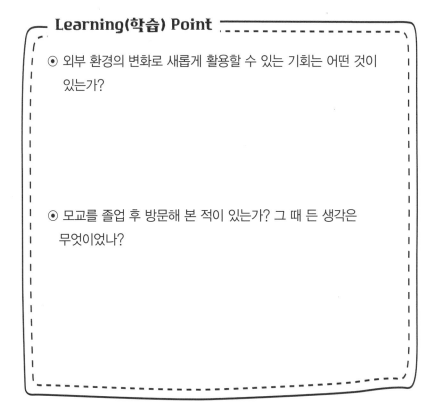

Learning(학습) Point

⊙ 외부 환경의 변화로 새롭게 활용할 수 있는 기회는 어떤 것이 있는가?

⊙ 모교를 졸업 후 방문해 본 적이 있는가? 그 때 든 생각은 무엇이었나?

E·LAND GROUP
(주)이랜드서비스

〈이랜드 서비스 이인석 대표 인터뷰〉

이인석 대표는 다른 사람이 맡지 않으려고 하는 사업부를 시범케이스처럼 맡아서 놀랍게 변화시켰고, 지금은 직원들의 변화와 성장을 위해 그간에 들인 노력의 결과를 인정받아 여러 곳에서 돈을 내고 받는 상이 아닌 상금과 함께 받는 다양한 상들을 받고 있다.

이인석 대표는 회사의 성장은 직원과 시스템에 대한 투자에 비례한다고 믿고 직원의 성장에 누구보다도 많은 노력을 기울이고 있다. 그는 대한민국에서 직원 교육에 가장 많은 돈을 들이는 회사가 되고 싶은 아주 원대한 꿈을 가지고 있다. 본인이 누구보다도 먼저 열심히 배우고 배운 것을 아낌없이 나누어주려고 노력한다. TV에 좋은 다큐멘터리나 도움이 되는 신문기사, 가보면 자극을 받을 수 있는 곳이 있으면 늘 나누고 공유하고 같이 데리고 가서 직접 경험하도록 한다.

같이 가 본 곳 중에 명동에 하이디라오 훠궈집이 있다. 우리나라로 치면 샤부샤부집이다. 중국에서 워낙 유명한 곳인데 한국에 오는 중국관광객들을 위해 한국 명동에 첫 매장을 열었다. 얼마전 강남역에도 대로변에 2호점을 오픈했다. 이곳은 서비스로 유명하다. 지금까지 중국이 제조업에서 한국을 위협하는 것으로 알았는데 이제는 서비스산업도 중국이 무서운 기세로 쫓아오고 있다는 걸 느꼈다. 아니 이제 중국에서 서비스 업종도 배워야 하는구나 느꼈다.

기다리는 손님을 위해 기본적으로 팝콘을 주고, 여자를 위해서는 네일 아트를 해준다. 남자들을 위해서는 구두를 닦아준다. 광나게 닦아주는 것은 아니지만 먼지는 제거해주고 깔끔하게 만들어준다. 샤부샤부 메뉴이다 보니 수증기가 많이 올라와서 안경을 쓴 사람들은 안경이 뿌옇게 되는데 안경닦이 전용 물티슈도 요청하면 준다. 화장실에 가면 커피믹스 사이즈의 1회용 가글액도 있다. 커피믹스 사이즈 포장에 들어가 있는 가글을 뜯어서 사용하면 된다.

다양한 해산물과 고기메뉴를 샤브샤브로 끓는 물에 살짝 데쳐서 양념에 찍어 먹은 다음에 면을 주문하면 주방장이 테이블 바로 옆에 와서 퍼포먼스를 한다. 예전에 철판볶음밥집이 인기 있을 때 가면 주방장이 눈 앞에서 보는 재미를 더해주는 퍼포먼스를 할 때가 있었다. 바텐더가 칵테일을 예술처럼 만들듯 철판 볶음 밥집에 가면 그런 것을 볼 수 있었는데 이곳에서는 면 퍼포먼스로 고객을 즐겁게 해준다. 면을 양손으로 주고 받으면서 천장에 닿을 듯 말듯, 바닥에 닿을 듯 말듯하게 하면서 면을 길게 만든 다음에 끓여서 먹을 수 있게 해준다.

소스도 다양하게 준비되어 있고 자신이 여러 가지 재료들을 결합해 자신만의 소스를 만들 수도 있다. 한 가지 다행이라면 아직은 입맛이 중국인에 맞추어져 있어서 맛은 채선당 보다 못하다는 사람도 있다. 하지만 한국 다른 식당에서는 제공하지 않는 고객을 위한 특별한 서비스를 제공한다는 점이 배울 점이다. 네일아트를 하는 분도 물어보니 정직원으로 일하고 있었다. 맛을 한국인 입맛에 맞추어 현지화 하고 자신들의 강점인 탁월한 서비스로 무장한다면 한국 식당들을 위협할 수 있겠다는 생각이 든다.

신문 기사를 보다가 좋은 내용이 있으면 카카오톡이나 블로그, 페이스북 등 다양한 매체를 통해 아낌 없이 공유한다. 따라가는 사람은 공유한 내용을 보기에도 벅찬 느낌인데, 부지런히 여러 신문들을 매일 같이 다 보고 공유한다. 공유를 해 본 사람은 알겠지만 여기저기 퍼다 나르는 것도 시간이 걸리는 데 그런 활동들을 즐기면서 한다. 사람들의 변화를 위한 촉매제로 불쏘시개 역할을 하는 것에 큰 즐거움을 가지고 있기 때문에 그렇다.

어릴 적 읽었던 [아낌없이 주는 나무]를 생각나게 하는 분이다. 책에 보면 아낌없이 주는 나무는 소년과 우정을 맺고 소년이 자라가면서 그때 그때 필요한 것들을 하나씩 준다. 열매가 필요할 때는 열매를 주고, 그늘이 필요하면 그늘이 되어주고, 배를 만들겠다고 하면 몸통을 내주고, 나중에 나무도 늙어서 그루터기만 남았을 때는 이제는 노인이된 주인공이 앉아서 쉴 수 있는 쉼터가 되어준다. 상대방이 무엇을 원하던지 지금까지의 수많은 사업경험과 다독을 통한 깊이 있는 지식, 다양한 분야를 망라한 인적 네트웍을 활용해 가치를 더할 수 있는 조언을 해 준다.

이인석 대표는 경영자라면 트렌드를 이해하기 위해 뜨고 있는 드라마나 영화 등은 무조건 봐야 한다는 주의다. 포켓몬고가 뜰 때는 가족이 여름에 포켓몬고의 성지인 속초로 휴가를 가서 며칠 동안 게임에 몰두하며 십대 자녀들과 즐거운 시간을 보낸다. 뜨고 있는 걸 직접 해봐야 왜 소비자들이 열광하는지, 어떤 요인이 그것을 가능하게 하는지 알 수 있다는 것이다. 필자도 지난 여름 속초에 2박3일 다녀왔지만 포켓몬고를 게임에 관심없다는 이유로 해 볼 생각도 안 한 필자 자신을 반성했다.

비즈니스와 혁신의 출발점은 어디인가? 경기가 안 좋아지면서 많은 사업들이 어려움을 겪고 있다. 이럴 때 일수록 기본으로 돌아가라는 말을 많이 한다. 세 가지를 강조한다. 고객에게 가치를 제공하고, 고객의 불편을 없애주고, 니즈를 충족시켜주는 것이다. 주부들의 설거지로 인한 불편을 해결해 준 식기세척기, 손빨래의 고충을 해결해 준 세탁기, 음식이 잘 썩는 보관상의 애로사항을 해결해 준 냉장고 등이 주부들에게 사랑 받는 이유다. 필자는 앞 자를 따서 불가리스로 기억하고 있다. 불편을 제거하고, 가치를 제공하고, 리스(니즈)를 충족시켜야 한다는 것이다.

이인석 대표의 어록 중에 '성공하려고 하지 말고, 성공할 수밖에 없는 사람이 되라'는 것이 있다. 조직의 미래는 직원의 역량이 성장하고 시스템에 투자한 만큼 성장이 따라온다는 것이다. 경영자가 해야 할 중요한 역할은 조직의 문화를 만들고 비전을 세운 다음 성과가 날 수 있는 시스템을 만들 것을 강조한다. 기존의 제도나 문화가 바뀌기 위해서는 처음 몇 년은 이전보다 3~4배의 노력을 기울여야 그것들이 가능하다. 지금 사업부를 맡고 초반에는 직원들과 일하다가 신문지 깔고 바닥에서 잘 정도의 열정으로 놀라운 변화들을 일궈왔다.

리더에게 필요한 4가지를 강조하는데 유연성, 학습, 경청, 피드백이 그 4 가지이다. 리더가 유연하게 경청하고 배우지 않으면 조직의 발전에 도움이되기보다는 걸림돌이 되기 십상이라는 것이다. 유능한 직원들이 들어와도 자리를 못 잡고 떠나게 되는 것은 리더가 경청하지 않고, 자신만의 스타일을 고집하고 피드백 하지 않기 때문에 이런 일들이 생긴다. 사장이나 중심으로 대화하면 꼴통이 되지만 상대방 중심으로 경청하면서 대화할 때 비로소 소통이 된다.

스탠퍼드 대학에서 예전에 졸업생 중 실리콘밸리에서 스타트업 CEO로 성공한 사람들의 특성 중 어떤 점이 그들을 CEO로 만들었을까 조사한 적이 있다. 조사 결과 두 가지를 꼽았다. 이 조사를 한 이유는 미국은 성공한 졸업생들이 학교를 위해 기부를 많이 하기 때문에 학교 발전을 위해서 조사한 것이다. 발견한 두 가지는 유연성과 팀워크이었다. 일이 계획대로 진행되지 않아도 네비가 길을 잃어도 목적지를 염두에 둔 경로를 다시 찾듯 유연성을 발휘하고 팀워크가 좋은 사람이 성과를 잘 내더라는 것이다. 스탠퍼드대학교는 학교생활 중에 학생들이 두 가지 자질을 키울 수 있도록 신경을 쓴다.

직원들이 구내 식당에 불만이 있는 회사들이 많이 있다. 대학교 다닐 때도 학기 초에는 밥이 맛있게 느껴지는데 학기말이 되면 음식들에 물려서 맛이 없다고 느낀다. 대학교는 그나마 방학이 있어서 잠시 쉴 틈이 있지만 매일같이 구내식당을 이용하는 직원들은 불만이 있을 수밖에 없다. 다른 회사들이 참고가 될까 하고 이랜드 서비스 구내식당 사례를 나눈다. 3개월마다 50% 메뉴를 교체를 하고 6개월이 지나면 전체 메뉴를 리뉴얼한다.

직원 전체 대상으로 스티커로 좋아하는 메뉴를 고르게 하는 것이다.

홍대 앞이나 이태원 경리단길, 어디 맛있는 식당이 있다고 하면 가져올만한 음식 메뉴는 없을까 고민한다. 입맛이 까다로운 여성 20명으로 음식 맛에 대해 품평을 하게 한다. 직원들이 일주일에 한 번은 햄버거를 먹고 싶다고 해서 금요일 아침에는 맥도날드에서 햄버거 수십 개를 사 와서 회사에서 제공한다. 아침에는 김밥도 주는데 겨울 되면 김밥이 차다고 직원들이 의견을 내면 온장고를 사서 따뜻한 김밥을 먹을 수 있도록 한다. 고객이 원하는 수준 이상으로 서비스를 제공하는게 목표고 만족한 고객이 최고의 광고판임을 잊지 않으려고 늘 노력한다.

고객 관점으로 돌아가 고객의 불편을 제거하고 가치를제공하고, 고객의 니즈에 집중하면 절대 망하지 않는다고 강조한다. 니즈를 파악하기 위해서는 1~3년 단위로 혁신해야 한다. 1차 고객은 제품을 직접적으로 사용하는 소비자, 2차 고객은 협력사, 3차 고객은 내부 직원으로 보고 가려운 곳을 긁어주려고 노력한다. 중국인들을 대상으로 관광업을 한다면 중국 관광객 1,500명을 만나기 전에는 비즈니스모델을 만들지 말라고 강조한다. 고객에 그만큼 집중하라는 말이다.

불가리스(불편 제거, 가치 제공, 니즈 충족)를 잘 기억하고 자신의 업무에 적용해보자. 불가리스를 바탕으로 기본에 강해져서 어려운 경제상황을 돌파하는 개인과 조직의 성공사례가 많아지기를 간절히 바란다.

당신이 이를 수 있는 최고의 경지에
도달하기 위해 노력하라.
그 이하는 충분하지 않다.
다른 사람은 속일 수 있을지 몰라도
자기 자신은 속일 수 없다.
만족감은 자신이 주어진 상황에서
해낼 수 있는 최선을 다했을 때
마음속에서 우러난다.

- 존 우든 -

CHAPTER 4

Upgrade
⬆ 개선

수확과 장미꽃
— 에드가 게스트

규모가 작든 크든
온갖 꽃들이 피어나는
정원을 갖고 싶다면
허리 굽혀 땅을 파야 한다.

원한다고 해서 그냥 얻어지는 건
이 세상에 없으니,
우리가 원하는 그 어떤 가치 있는 것도
반드시 노력해서 얻어야 한다.

그대가 무엇을 추구하든지 간에
그 속에 감춰진 원리를 생각하라.
수확이나 장미꽃을 얻기 위해서는
누구나 끊임없이 흙을 파야만 한다.

1

피터 드러커
최고의 저서

> 애석하지만 공부에 왕도가 없듯이 변화에도 지름길은 없다.
> 변화에 이르는 습관을 가지려면 꽤나 많은 노력이 필요하다.
> 생각을 바꾸고, 행동을 바꾸고, 그 바뀐 행동을 유지해
> 나가려는 의지력과 인내심이 필요한 것이다.
>
> – 전옥표 –

어느 기자가 90세 피터 드러커에게 물었다. "선생님은 지금까지 30권이 넘는 책을 쓰셨는데 어느 책이 가장 마음에 드십니까?" 피터 드러커는 과연 어떤 책을 가장 마음에 들어 했을까? 그의 답은 이미 출간한 책이 아니었다. "다음 책이요." '최고는 아직 오지 않았다(The best has yet to come)'는 정신으로 살아 온 것이 경영학의 아버지라고 불리는 그에게서 배울 자세다. 그가 그런 자세를 갖게 된 데는 10대 때 겪은 일이 큰 영향을 주었다.

10대 때 베르디(Verdi)의 '팔스타프(Falstaff)'라는 오페라를 감상하고 진한 감동을 받았다. 피터 드러커는 이 작품을 만든 사람이 누구인가 조사를 했다. 요즘 같으면 '네선생'이나 '구선생', 즉 네이버나 구글에 검색해 봤겠지만 예전에는 그런 게 없던 시절이니 다른 방법으로 작곡가에 대해 조사를 해보고 놀라운 사실을 발견했다. '팔스타프'는 1893년 이태리 밀

라노 라스칼라 극장에서 초연된 작품으로 작곡가는 베르디인데, 그가 80의 나이에 작곡한 곡이었다.

베르디는 "작곡가로서 나는 평생 완벽을 추구해 왔다. 그러나 작품이 완성될 때마다 아쉬움이 남았다. 그래서 내게는 분명 한 번 더 도전해야 한다는 의무감이 남아 있다."는 자세로 50년 넘게 작곡한 곡 중에 비극이 아닌 희극으로 마지막 작품을 남겼다. 20세기 초반의 80세라면 지금의 100세를 넘는 나이였을 것이고, 베르디에 영향을 받아서인지 피터 드러커도 96세까지 현역으로 활동하다 세상을 떠났다.

파블로 카잘스(Pablo, Casals, 1876~1973)는 97세의 나이에 세상을 떠날 때까지도 80년 동안 하루도 거르지 않고 하는 일이 있었는데 바흐의 '평균율 클라비어 곡집' 가운데 한 곡을 연주하는 일이었다. 당대 최고의 첼리스트로 유명한 그였지만 매일 조금씩 나아진다고 믿으며 꾸준한 노력을 게을리하지 않았던 것이 세계적인 연주가로 그를 만든 비결이리라. 나는 과연 매일같이 하는 일이 무엇인가 돌아보게 만든다. 당신은 탁월한 수준의 전문성을 위해 매일 같이 하는 일은 무엇이 있나요?

현재 대한농구협회 회장을 맡고 있는 방열 감독의 강의를 들은 적이 있다. 한국 농구의 전성기 때 현대, 기아 등 유명 기업들의 농구팀을 이끈 감독이다. 어느 해 챔피언 결정전에서 우승하고 선수들과 워크숍을 갔단다. 새벽에 일어나 동네를 한 바퀴 산책하는데 시골 동네 학교 농구장에서 누가 나와서 농구를 하고 있더란다. 이 동네에도 농구를 좋아하는 사람이 있구나, 했는데 가서 자세히 보니 이충희 선수였단다. 전날 밤 대회

우승 기념으로 축하 파티를 거하게 하고도 다음 날은 일어나 숏 연습을 하는 이충희 선수를 보고 놀라움을 금치 못했다고 한다. 이충희 선수가 농구계의 전설로 남아 있는데는 다 이유가 있다.

대한민국에 〈슈퍼스타 K〉〈K팝스타〉 등 오디션 붐으로 수많은 가수 지망생들과 가수들이 활동하고 있는데 지난 30년 동안 앨범 순위에서 1위를 기록한 노래를 두 곡 이상 부른 가수는 100명도 안 된다. 노래 한 곡을 자기 것으로 소화하기 위해 수백 번의 노력을 거친 후에 한 곡이 유명해지면 그 곡으로 평생 기억되는 것이다. '10월의 마지막 밤'이 되면 이용 씨는 요즘도 제일 바쁜 가수로 유명하고, '10월의 어느 멋진 날에'를 부른 김동규 씨는 10월 내내 바쁘게 불려 다닌다.

애플의 스티브 잡스도 완벽주의로 유명한 사람이다. 생텍쥐페리의 '완벽함이란 더 이상 추가할 것이 없는 게 아니라 더 이상 뺄 게 없는 것이다.' 라는 말처럼 그는 아이폰을 디자인할 때도 필요 없는 것은 다 뺄 것을 강조했다. 아이폰이나 아이패드는 네다섯 살짜리 아이들도 사용법을 가르쳐주지 않아도 직관적으로 사용할 수 있게 한다는 그의 철학이 반영되었다. 잡스는 '우주를 깜짝 놀라게 할 일을 하겠다'는 신념으로 보통 사람의 생각의 차원을 뛰어넘는 방식으로 일했다.

스티브 잡스를 프리젠테이션의 달인으로 유명하게 만든 제품설명회를 할 때 준비사항에 관한 기사를 본 적이 있다. 행사장이 만에 하나 정전이 될 경우에 대비해 전원 공급 차량을 행사장 외부에 준비해 두고, 자신이 발표를 하다가 쓰러지면 자신을 대신해 똑같은 복장으로 준비되어 발표를

에이플러스 – 변화와 성장을 위한 5가지 열쇠 –

대신할 수 있는 사람을 준비시켜 놓을 정도로, 일어날 수 있는 모든 문제에 대해서 대안을 가지고 준비를 했다. 그가 몇 년만 더 살았더라면 전 세계가 어떻게 더 좋게 달라졌을까 하는 아쉬움이 남는다.

매니저나 경영자라면 PR 전문가가 되어야 한다. 자신이 하는 일에서 피할 것은 피하고 알릴 것은 알리는 '피알'이 아니라, 성과(Performance)와 관계(Relationship)의 전문가가 되어야 한다. 성과를 내는 일에서는 완벽을 기할 필요가 있고, 관계에서는 가까운 사이를 유지하기 위해 노력해야 한다. 일을 관계로만 풀려고 하면 성과가 잘 안나고, 성과만 내려고 하면 관계가 약해져 오래가지 못한다.

'문학은 인간의 인간다운 삶을 위하여 인간에 기여해야 한다'는 철학을 가진 《태백산백》《아리랑》《정글만리》의 조정래 작가는 20년간 금주를 하며 자기 관리를 하고 있다. '총각네 야채가게'로 유명한 이영석 대표는 새벽마다 가락동 농수산물 시장에 가서 최고의 과일 맛을 보기 위해 커피, 술, 담배를 일체 하지 않는다. 혀의 감각에 해를 줄 수 있는 것들을 일체 피하는 것이다.

지인 중 한 분은 대기업에 HR 매니저로 있다가 독립했는데, 회사 다닐 때는 스키를 좋아해서 겨울에 스키장을 잘 갔는데 독립하고 나서는 스키장에 가지 않는다. 만에 하나라도 다치면 일에 지장을 받기 때문에 안 간다. 평소에도 일을 잘하는 분이지만 그런 작은 하나하나에도 노력하는 모습을 보고 많이 배우게 된다. 서혜경 피아니스트도 스키장에 가지를 않았단다. 만에 하나 손이 부러져 기브스라도 하게 될까 봐 안 가다가 유방암을 겪고 나서는 인생을 즐기는 게 필요하다고 생각해서 스키장을 가기 시작했다는 기사를 봤다. 본인의 일을 위해 얼마나 노력했는지 알 수 있는 대목이다. 자기만의 고유한 세계를 만드는 예술가들에게도 분명히 배울 점이 많다.

내 일을 탁월하게 잘하는데 필요한 한 가지 나만의 원씽(One Thing)을 찾아보자. 글을 쓰는 작가에게는 필사나 글을 쓰는 시간을 내는 것일 거고, 영업하는 사람은 매일 같이 고객들에게 연락을 꾸준히 하고 고객과 시간을 같이 보내는 것이다. 자신이 속해 있는 분야에 탁월한 사람들이 매일 같이 하는 일이 무엇인지를 찾아보자. 자신만의 매일같이 하면 도움이 되는 습관 한 가지, 버려야 할 한 가지를 정하고 매달 점검해 보자. 자신이 원하는 목표에 점점 다가가는 자신의 모습을 발견할 것이다.

Upgrade(개선) Point

⊙ 내 분야에서 탁월한 사람들이 실천하고 있는 행동이 있다면 무엇입니까?

⊙ 내가 버려야 할 한 가지 안 좋은 습관이 있다면 무엇입니까?

---

2 인생을 길게 만드는 법

> 인생은 짧다.
> 하지만 우리는 부주의하게 시간을 낭비하여
> 인생을 더욱 짧게 만든다.
>
> – 빅토르 위고 –

삼성의 이병철회장은 임원 후보들에게 두 가지 질문을 했다고 한다. 당신이라면 뭐라고 답할지 한번 생각해 보라. "자네가 일하면서 중요하게 여기는 것은 뭔가?" 그 질문을 받은 사람은 여러 가지 얘기를 할 것이다. '인재경영이 중요하고, 고객이 제일이고, 수익성 위주로 경영을 해야 하고, 시나리오 경영이 필요하다' 등 여러 가지를 얘기할 것이다. 그러면 다음 질문을 던진다. "자네 지난주 시간을 어떻게 사용했는지 말해 보게나?" 만약 답하는 사람이 처음 질문에서 중요하게 생각하는 것에 실제 시간을 그렇게 사용하지 않고 있다면 그 사람은 임원으로서 자격이 없는 사람이고, 자신이 중요하다고 여기는 것에 실제 시간을 보내고 있는 사람은 실제적인 성과를 만들어 내는 사람이다.

모 대기업은 경영진이 한 달 시간 사용에 대한 보고서를 회장님에게 제출한다고 한다. 자신의 주 업무, 협조 업무, 미래 준비 등 영역을 나누어서 얼마나 시간을 사용했는지 제출하는데 시간 사용에 대해서 보고서를 제출한다는 것만으로도 시간 사용을 허투루 할 수 없게 만드는 장치가 된다. 본인이 사용하는 시간을 기록해보면 얼마나 많은 시간이 줄줄 새고 있는지 알게 될 것이다.

피터 드러커는 《자기경영노트》에서 성과를 올리기 위해 시간을 잘 관리하기 위해서는 '너의 시간을 알라(Know thy time?)'고 강조한다. 1년에 2회 정도 3~4주 시간 사용에 대한 기록을 남기고 자신도 모르는 시간 도둑들을 찾아서 제거해야 한다고 말한다. 비생산적인 시간을 파악하기 위해서는 다음과 같은 질문을 던져 보라. '이 일은 계속하지 않으면 무슨 일이 벌어지는가?' 전혀 할 필요 없는 일, 성과를 전혀 만들어 내지 못하는 일은 찾아내서 제거해야 한다.

'다른 사람이 대신 할 수 있는 일은 무엇인가?' 내가 타인에게 맡겨서 70% 정도의 성과를 낼 수 있는 일이 있다면 넘겨야 한다. 그리고 나는 내 역할에서 중요하게 해야 할 보다 더 중요하고 전략적인 이슈에 집중해야 한다. '내가 낭비하고 있는 타인의 시간은 무엇인가?' 자신이 조절할 수 있고 개선할 수 있는 부분을 찾아서 개선해 나가야 한다. 이러한 질문들을 던지고 답을 찾는 일을 주기적으로 할 것을 강조한다.

시간을 낭비하게 만드는 요인들도 있다. 첫째는 시스템의 결여다. 시스템이 없으면 시간이 낭비될 수밖에 없다. 갖추어야 할 시스템이 무엇인지 고민해 보자. 둘째, 인원 과잉으로 인한 낭비다. 일을 잘하는 사람은 누구인가? 더 적은 사람으로 더 많은 성과를 내는 사람이 바로 에이스다. 인원이 많아지면 보고해야 할 사람이 더 많아지고, 의사소통에 들어가는 시간도 더 걸려 불필요한 에너지 낭비가 생길 수밖에 없다. 최적의 인원이 어느 정도 선인가 고민할 필요가 있다.

세 번째는 조직상 결함이다. 회의가 많은 조직이 결함이 있는 조직의 한 가지 특징이다. 네 번째는 불완전한 정보다. 필요한 정보가 그 정보를 필요로 하는 곳에 제대로 전달이 안 되는 것이다. 유럽의 어느 자동차 회사에서 특정 모델의 녹색 차량이 있었는데 잘 팔리지 않아 영업 쪽에서 구입 조건을 좋게 하는 판촉활동을 통해 그 모델 재고를 다 판매했다. 그런데 부품 조달하는 부서에 그 정보가 제대로 전달이 되지 않아 재고를 없애려고 한 그 자동차 부품을 왕창 구입해서 불필요한 낭비를 초래한 경우가 있었다. 정보가 필요한 사람에게 제대로 전달이 되어야 낭비를 막을 수 있다.

'이것이 나의 최선인가?' 스스로에게 물어 보면 좋은 질문이다. 시간 사용에 있어서도 이것이 과연 나에게 최선일까 스스로에게 물어 보는 것이 필요하다. 개인적으로 포스트잇에 써서 지갑에 붙여 놓고 다닌 적이 있다. 지하철을 타거나 버스를 탈 때 교통카드를 꺼내서 기계에 한 번씩 찍을 때마다 스스로에게 다짐해 보기 위해서다. 한번은 지하철을 타고 어디를 가려다가 그 문구를 보고 스스로에게 '이것이 나의 최선인가?' 묻고 발길을 돌린 적이 있다.

노트북에는 한때 '무엇을 하려고 했지?'라고 적어 놓았었다. 메일을 체크하려고 포털 사이트에 들어갔다가 흥미 있어 보이는 기사 하나 읽다 보면 옆길로 새는 경우가 많았다. 그 문구를 보면 내가 원래 무엇을 하려고 했는지 다시 한번 생각해 보고 하고자 했던 일에 집중하게 된다. 요즘은 아예 인터넷 시작 화면을 메일 로그인 화면으로 바꾸어 놓아서 그런 유혹을 원천적으로 차단한다.

'좋은 것은 최선의 적이다'(Good is the enemy of the best)란 말이 있다. 자신의 시간을 집중해서 사용할 수 있는 방법을 스스로 찾아야 하는 것은 우리 각자에게 주어진 평생의 과제이다. '시간을 잘 활용하고 싶다면 무엇이 중요한지 알아야 하고, 그 일에 당신의 모든 능력을 쏟아 부어야 한다.'라는 리 아이아코카 전 크라이슬러 사장의 말을 기억하자. 나에게 가장 중요한 게 무엇인지 찾고 그 일에 집중할 수 있는 환경을 만들어 보자.

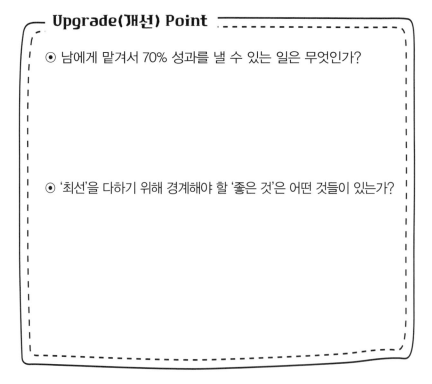

Upgrade(개선) Point

⊙ 남에게 맡겨서 70% 성과를 낼 수 있는 일은 무엇인가?

⊙ '최선'을 다하기 위해 경계해야 할 '좋은 것'은 어떤 것들이 있는가?

에이플러스 – 변화와 성장을 위한 5가지 열쇠 –

3 나를 가슴 떨리게 하는가?

> 아는 것만으로는 충분하지 않다. 적용해야만 한다.
> 하려는 의지만으로는 충분하지 않다. 실행해야만 한다.
> – 괴테 –

첫 직장인 김영사 출판사에 다닐 때 아침마다 하는 의식이 있었다. 전 직원이 구역을 맡아서 회사 화장실을 포함해 이곳 저곳을 청소하고 아침마다 우리의 신조를 외우면서 하루를 시작했다. 그때는 청소하는 게 정말 귀찮았다. 가회동 3층 가정집을 개조해서 사무실로 쓰고 있었는데 진공청소기 돌리는 정도는 괜찮지만 화장실 청소라도 걸리면 왠지 아침부터 김새는 하루의 시작이었다.

그런데 잘되는 회사들의 공통점 중에 하나가 직원들이 청소를 같이 하는 것이라는 것을 알게 된 것은 한참 후의 일이다. 파나소닉을 설립한 마쓰시타 고노스케가 일본의 차세대 리더를 양성하기 위한 리더십 아카데미로 사재 700억을 들여 세운 '마쓰시타 정경숙'은 2년간 매달 생활비를 지급하며 앞으로 일본을 이끌어갈 리더를 키우기 위해 최고의 강사진으로 교육을 하는 것으로 유명하다.

그곳 생활의 대부분은 자율적으로 이루어지는데 아침마다 청소는 다같이 한다. '자기 주변을 청소하고 다스리지 못하는 사람이 국가와 천하를 다스릴 수 없다'는 설립자의 철학이 반영된 것이다. 그는 정경숙의 학생들에게 '정치나 경제 공부를 잘하고 있습니까?'라고 묻지 않고 늘 '확실하게 청소를 하고 있습니까?'라고 물었다고 한다. 경영의 신의 기본은 청소에 있었다. 그는 마쓰시타전기 공장 대청소가 있는 날에는 반드시 공장에 시찰을 가서 화장실 청소가 구석구석까지 잘 되어 있는지를 확인하고, 더러운 곳이 눈에 띄면 직접 걸레와 양동이를 들고 화장실 청소를 했다고 한다.

청소는 작지만 나를 바꾸고 환경을 바꾸는 파워풀한 시작이다. 한 회사의 상태를 알려면 세 곳을 가보면 알 수 있다고 말한다. 화장실, 구내식당, 기숙사다. 우리나라가 월드컵을 개최를 준비하면서 국민운동처럼 진행한 게 공공화장실의 수준을 한 단계 높이는 것이었다. 그 덕분에 한국의 공공화장실은 세계적인 수준이 되었다.

구내식당을 가보면 그 회사의 수준을 알 수 있다. 구글로 전직한 분과 구내식당에서 점심식사를 같이 한적이 있다. 호텔 런치뷔페 수준으로 점심식사가 나온다. 한식과 양식으로 구분이 되어 있고, 고기는 셰프가 직접 잘라 주고, 디저트는 여러 가지가 나온다. 다시 또 가고 싶은 마음이 들었다. 현대자동차 연수원에서 차부장급을 대상으로 하는 액션러닝 프로젝트를 진행하면서 점심식사를 한 적이 있는데 립스(ribs, 돼지갈비)가 나오는 걸 보고 놀랐다. 패밀리레스토랑에 가야 먹을 수 있는 음식이 점심 메뉴로 나왔다.

기숙사에 가 보면 직원들이 어떻게 생활하는지 알 수 있다. 모 대기업 회장님은 계열사를 방문할 때 기숙사와 회사 정문 앞 나무의 관리 상태를 보고 그 회사의 상황을 파악했다고 한다. 평소 생활이 바뀌지 않고, 일하는 현장만 바뀌기는 어렵다는 것을 알았던 것이다. 또 정문 앞 나무를 잘 관리할 정도면 회사도 잘 관리를 하고 있다고 본 것이다.

한번은 기업회생 절차를 밟고 있는 업체를 코칭하러 갔다. 지방에 위치한 회사였는데 사무실에 올라가는 계단에는 여기저기 거미줄이 있었고, 화장실에 가 보고는 깜짝 놀랐다. 그렇게 지저분할 수가 없었다. 요즘 웬만한 공중화장실에 가도 보기 어려운 수준이었다. 담당자에게 물어 보니 원래 순번을 정해서 화장실 청소를 하는데 회사가 어려워지면서 직원이 줄어서 제대로 지켜지지 않고 있다고 했다. 청소의 중요성을 다시 한번 파악할 수 있었다.

《청소력》에 보면 두 가지 질문이 나온다. 첫 번째 질문은 '당신의 인생에 만족하십니까?'이고, 두 번째 질문은 '당신의 방은 깨끗합니까?'이다. 당신이 살고 있는 방이 바로 당신 자신이라는 얘기다. 수출 전문 화장품 회사를 코칭한 적이 있는데 정리가 잘 안 되는 문제가 있었다. 베스트셀러인 《하루 15분 정리의 힘》이라는 책으로 직원들과 독서 토론도 하고 했는데 큰 변화가 없었다. 출장을 자주 다니는 대표 방에 가면 정리가 안 된 어수선한 느낌이었다.

어떻게 도움을 줄까 하고 고민하다가 《정리의 마법》이라는 책을 보고 좋은 아이디어를 얻어서 먼저 나부터 변화를 시도했다. 책에 보면 정리에 대한 아주 단순하면서도 강력한 질문이 나오는데 어떤 물건을 들고 "이게 나를 가슴 떨리게 하는가? 이 기준으로 물건을 정리하라"고 말한다. '몇 개월 이상 안 쓰는 것은 정리해라' 하는 식으로 기준을 정하면 몇 개월이 지났다 안 지났다 고민하면서 사람들이 도리어 정리를 잘 못한다. 그래서 단순한 질문 한 가지로 정리에 대한 근육을 키우라고 말한다.

하루 날을 잡아 일요일 오전에 그 기준으로 옷을 정리해서 옷장에 있는 옷의 4분의 1을 정리했다. 오래돼서 잘 안 입는 옷, 브랜드는 좋은데 사이즈가 잘 안 맞는 옷, 행사 후 받은 각종 티셔츠 등을 싹 정리한 후 기부할 옷은 기부하고 버릴 것은 버렸다. 그렇게 정리를 하면서 개인적으로 느낀 속 시원한 감정을 대표와 나눴는데, 다음에 가 보니 대표의 사무실이 확 바뀌어 있었다. 주말에 나와서 정리를 했단다. 책도 안 보는 책들은 남을 주거나 기부하고, 널브러져 있던 여러 짐들도 정리를 잘 마무리해서 업무에 훨씬 몰입할 수 있는 환경으로 변화되어 있었다.

청소를 어렵게 생각하지 말자. 1분 청소를 권한다. 아침에 출근하면 창문을 열고 환기시키고 물티슈로 책상과 주변을 한 번 닦는 것이다. 그것만으로도 훨씬 깨끗해진다. 변화의 시작은 내가 있는 공간을 청소하는 것으로부터 시작된다.

Upgrade(개선) Point

- ⊙ "내 인생에 만족하는가?" 자신 있게 답을 못한다면 방부터 깨끗이 청소해보자.
- ⊙ 집안에 물건들을 손에 들고 '내 가슴을 떨리게 하는가?' 기준으로 정리해보자.

에이플러스 – 변화와 성장을 위한 5가지 열쇠 –

4 스마트한 건강 관리

> 자신의 건강을 돌볼 겨를이 없는 사람은
> 공구를 손질한 시간이 없는 기술자와 같다.
> – 스페인 격언 –

대학교 다닐 때 일이다. 아버지가 암 수술을 받게 되었다. 술과 담배를 좋아하긴 했지만 늘 건강하던 아버지가 수술을 받게 된 것이다. 아버지는 건강검진은 매년 받았지만 암 진단은 나오지 않았는데 몸이 안 좋아서 병원에 가서 종합건강검진을 받고 대장암 3기임을 알게 되었다. 가족이 처음 겪는 일이라 수술 받으러 아버지가 누운 침대가 수술장에 들어갈 때 온 가족이 눈물 흘리며 수술이 잘 끝나기만을 바라던 마음이 생생하게 기억난다.

아버지는 본인의 굳은 의지와 어머니의 헌신적인 간호로 건강을 조금씩 회복했다. 퇴원하고 거동할 수 있는 정도가 되자 매일같이 등산을 갔다. 산에 가서 좋은 공기를 마시고 운동을 하면서 기력을 회복해 갔다. 몇 년 후 암이 재발해 다시 수술을 받았다. 아버지는 농담으로 "이제 나는 간도 쓸개도 없는 사람이다"고 말하곤 했는데 암세포가 전이 되어서 두 장기를 조금씩 잘라냈기에 하는 말이었다. 정말 감사하게도 그 후에 다시 열심히 노력을 해서 건강을 회복했다.

암 재발 환자의 3년 이상 생존률이 10%가 안 되는데 아직 살아 있는 것만으로도 감사한 일이다. 가족 중 한 사람이 아프고 회복되는 일을 겪으면서 한 가지 느낀 것은 건강은 타고난 체질도 중요하지만 관리가 더 중요하다는 것이다. 건강한 상태로 있기 위해 부지런히 노력하면 건강을 유지하고, 그렇지 않으면 아프게 된다는 것이다. 건강해 보이는 분이 자신의 건강을 과신해 어느 순간 돌연사 하는 경우도 있고, 평소 여기저기 아픈 분은 골골하면서 오래 산다.

모 대기업 회장은 한 해를 정리하면서 그 해에 골프를 몇 번 쳤고 누구와 쳤는지 기록을 정리 한다는 내용을 봤다. 자신에게 중요한 사람과 그만큼 시간을 보내는지 골프를 친 횟수를 통해서 확인하는 것이었다. 개인적으로 골프는 안 치지만, 그걸 보고 필자도 운동한 시간을 기록해 보기로 했다. 일산 킨텍스 옆에 살 때였는데 집에서 운동 삼아 호수공원에 갔다 오면 딱 적당한 거리였다. 자전거를 타든지, 걷든지 시간을 기록하기 시작했다.

호수공원에 자전거를 타고 갔다 오면 30분, 걸어서 갔다 오면 60분, 주말에 호수공원을 한 바퀴 돌고 돌아오면 2시간, 이렇게 다이어리를 하나 정해 기록을 했다. 한 해를 마무리하면서 한 해 동안 운동한 시간의 합산을 했다. 그리고 아내에게 한번 물어 봤다. "여보, 내가 한 해 동안 운동한 총 시간이 얼마인지 알아?" 아내가 생각을 잠시 해보더니 "110시간!" 얘기했다. 나는 놀라지 않을 수 없었다. 일주일에 3번은 운동을 하자고 생각했고 1년을 50주 잡고 한 주에 3번씩 운동해서 곱하면 150시간이 나올 거라 생각했는데 실제로는 114시간이었다.

실제로 운동을 한 본인보다 옆에서 관찰한 아내가 더 정확히 알고 있었다. 아내에게 어떻게 그런 계산이 나왔냐고 묻자 남편이 운동 나가는 횟수와 운동 나갔다 돌아오는 시간, 그리고 빨래 내놓는 주기 등을 생각해서 계산했다고 한다. 통계학을 전공한 아내의 예리함에 놀랐고, 앞으로 아내에게 거짓말하면 안 되겠다 생각했다.

그 뒤로 매년 운동한 시간을 기록하면서 이듬해에는 주 3회 한 시간씩 생각해 150시간을 목표로 해서 170시간을 운동했고, 그 다음 해에는 주 4회 한 시간씩 계산해 200시간을 목표로 해서 220시간 운동을 했다. 작년부터는 주 5회 한 시간씩 250시간을 목표로 시작했다가 하루에 만보 걷는 것으로 방향을 바꾸었다. 만보계 기능을 하는 스마트폰 어플이 있어서 하루에 몇 보 걸었는지 확인이 된다. 한 시간을 걸으면 5,000보 정도가 나온다. 하루에 만보를 걸으려면 하루에 한 시간 정도 운동하고 낮에 부지런히 다녀야 만보가 된다. 매일같이 만보는 걷지 못하지만 일주일에 7만보 이상 걷는 것을 목표로 꾸준히 해오고 있다.

둘째 아들과 장난을 치다가 손등에 피가 나는 작은 상처가 난 적이 있다. 작은 상처였기에 곧 아물겠지 하고 약도 바르지 않았다. 예전 같으면 정말 며칠이면 나을 것 같았는데 시간이 2주 정도 흘러도 아물지를 않는 것이었다. 결국엔 동네 피부과 가서 약을 바르니 며칠 만에 싹 낳았다. 그땐 참 허탈감이 느껴지면서 이제는 몸이 예전 같지 않구나 하고 느꼈다.

지인과 식사를 같이 하며 작은 상처를 통해 느낀 점을 애기했더니 40대 중반이 되면 보약을 주기적으로 먹어줘야 하고 조금 지나면 보약을 먹어도 몸이 좋아지는지 느끼지 못하는 단계가 온다고 얘기해서 함께 웃은 적이 있다. 지인 의사의 말에 의하면 40대가 체력이 가장 안 좋단다. 20~30대 때 건강을 믿고 운동을 안 해서 체력이 가장 바닥이고, 50대는 도리어 체력의 필요성을 느끼고 다시 노력해서 전반적으로 50대가 40대보다 체력이 좋단다.

아는 분 중에 한 분은 히말라야를 다녀오고 전 세계 유명 트래킹 코스 20곳을 가는 것을 목표로 열심히 사는 분이 있는데, 그분은 매일 해 뜨는 것을 바라보고 해가 질 때를 사진으로 남기는 습관을 갖고 있다. 그분은 하루하루가 놀라운 기적임을 체험하며 사는 것이다. 하루에 한 번은 하늘을 쳐다보는 시간을 갖자. 출근할 때, 아니면 점심 먹고 산책하면서든지, 혹은 퇴근할 때 한 번 쳐다보든지. 그리고 사람들이 당신을 떠올리면 건강한 모습을 생각할수 있게 노력하자. 건강관리는 나를 위해서도 필요하지만 가까운 가족을 힘들지 않게 하기 위해서도 꼭 필요하다.

Upgrade(개선) Point

⊙ 건강관리를 위해 어떤 노력을 하고 있는가?

⊙ 주위에 건강한 사람들에게 건강관리를 위한 조언을 구해보자.

에이플러스 – 변화와 성장을 위한 5가지 열쇠 –

5 10가지
체크리스트

한 제자가 부처에게 물었다. "제 안에는 마치 두 마리 개가 살고 있는 것 같습니다. 한 마리는 매사에 긍정적이고 사랑스러우며 온순한 놈이고, 다른 한 마리는 아주 사납고 성질이 나쁘며 매사에 부정적인 놈입니다. 이 두 마리가 항상 제 안에서 싸우고 있습니다. 어떤 녀석이 이기게 될까요?" 부처는 생각에 잠겨서 잠시 침묵하더니 짧게 답했다. "네가 먹이를 주는 놈이다."

세상에는 두 종류의 사람이 있다. 본인이 원하는 목표에 점점 가까이 가는 사람과 점점 멀어지는 사람이다. 핵심은 내가 어느 쪽에 먹이를 주느냐이다. 목표에 다가갈 수 있도록 먹이를 정기적으로 주고 있는지, 아니면 멀어지게 먹이를 주고 있는지 말이다. 당신은 어느 쪽인가?

핸드폰을 밖에서 사용하려면 매일같이 충전을 해야 한다. 핸드폰도 충전이 필요하지만 우리 몸도 충전이 필요하다. 감정(emotion)을 움직이는 에너지(energy in motion)라고 해석하기도 한다. 우리의 감정을 기분 좋은 상태로 잘 유지하는 것이 필요하다. 하루는 날을 잡아서 1년 동안 감사일기를 쓴 것을 보면서 내가 무엇을 할 때 행복한지 100가지를 적어 보았다.

이발하고 나서 산뜻해 보일 때, 목욕탕 가서 온탕에 몸을 지질 때, 택시 기사와 나누는 대화가 흥미진진해질 때, 좋은 사람들과 맛있는 음식을 먹고 대화를 나눌 때, 새 차로 바꾸었을 때, 강의 평가가 좋았을 때, 울림이 있는 책을 읽었을 때, 밥 살 때, 밥 먹고 산책하며 얘기 나눌 때, 감동이 있는 강의를 들었을 때, 고객이 코칭 받으러 찾아올 때, 비행기에서 보고 싶던 영화 볼 때, 뜻하지 않은 선물을 받을 때, 내가 쓴 기사가 잡지에 실릴 때, 라디오 FM 93.9에서 오전 11~12시 〈신지혜의 영화음악〉을 들을 때 등 정리를 하고 나니 내가 어떻게 해야 에너지를 얻을 수 있는지 알 수 있었다.

온 가족이 어디를 갈 때 보통 때는 차 안에서 애들 CD를 듣지만, 오전 11시가 되면 아빠 음악 듣는 시간으로 정하고 〈신지혜의 영화음악〉을 듣기 시작했다. 처음에는 애들이 투덜대더니 어느 정도 시간이 지나자 지금은 애들도 아빠 음악 듣는 시간으로 인정을 해준다. 내가 에너지가 충전이 되어야 남에게도 더 잘할 수 있으니 적절히 에너지를 충전하는 게 필요하다.

박진영 씨가 힐링캠프에 출연한 적이 있는데 인상적이었던 것 한 가지가 하루에 10가지를 습관적으로 한다는 것이었다. 견과류 먹기, 스트레칭하기 등 해야 할 일을 체크리스트로 만들어 점검한다고 했다. CEP(Core Essential Program)라는 코칭 과정을 듣고 나서 10가지 습관 실천하기를 하고 있다. 매일같이 하면 좋을 습관 10가지를 만들어서 하루하루 체크하는 것이다.

미국에 존경하는 코치 중에 마셜 골드 스미스(Marshal GoldSmith)가 있다. 그는 지금까지 비행기로 1,000만 마일 이상을 비행기를 타고 전 세계를 다녔다. 우리나라 대한항공과 아시아에는 1,000만 마일 이상 이용 고객이 없다는 후문이다. 500만 마일리지가 인천-LA 900번을 가야 하는 거리라고 하니 어느 정도 먼 거리인지 상상할 수 있다.

그분도 매일 저녁 파트너 코치와 전화통화를 하면서 매일같이 해야 할 체크리스트를 만들어서 서로 점검해 준다고 밝혔다. 필자는 개인적으로 글쓰기, 독서하기, 감사한 것 세 가지 적기, 하루 만보 이상 걷기 등이 매일같이 하려고 하는 것들이다. 혼자 하기 힘들면 파트너를 정해서 같이 점검하는 게 좋은 방법이다.

일본을 대표하는 경영학의 구루 오마에 겐이치는 사람이 변화하려면 세 가지가 변화해야 한다고 말하는데 그것은 만나는 사람(People), 장소(Place), 시간(Time) 이다. 앞자를 따서 PPT로 기억하자. 누구를 만날 때 에너지를 얻는지 잘 찾아 보라. 한번은 아내에게 '어떤 모임에 나갈 때 가장 에너지를 얻는지?' 물어본 적이 있다. 12월 송년모임이 많은 때에 아내가 답한 그 모임 송년회가 있으면 필자의 일정을 아내에게 맞추고 아내가 다녀올 수 있도록 한다. 아내가 에너지를 얻어야 필자가 편하기 때문이다.

강의하고 코칭하는 일이 어떻게 보면 지식과 에너지를 전달하는 유통업이라는 생각이 든다. 에너지는 물과 같아서 높은 곳에서 낮은 곳으로 흐른다. 그래서 강의하거나 코칭할 때는 에너지 수준을 높이는 게 필요하다. 필자는 강의하러 갈 때면 아내를 포함한 지인분들 20명에게 문자를 보낸다. '오늘 OO에서 1~4시 코칭 강의합니다. 재미있고 의미 있고 영감을 주고받을 수 있는 시간 되길 기원해 주세요'라고 문자를 보내면 그분들 중에서 몇 분이 답신을 주고, 그 문자를 보고 에너지를 얻는다. 주중에 답신을 잘 하는 사람이 있는가 하면, 토요일에 근무하는 분은 토요일에 문자를 보낼 때 답신을 잘 해준다. 다양한 분들의 응원 메시지 덕분에 강의와 코칭을 계속 할 수 있다.

사람은 새로운 지식을 접할 때 변하는 게 아니라 지식과 에너지를 함께 받아야 영감을 받고 변화가 된다. 나는 무엇을 할 때 기분이 즐겁고 행복한가? 그 행동들을 하루 중간중간에 배치해 보자. 그러면 에너지를 충전하며 에너지 넘치는 하루를 보낼수 있다. 하루 중 아침에 눈뜨고 15분이 제일 중요한 시간이다. 그때 신문이나 핸드폰을 보지 말고 자신만의 에너지 충전이 되는 활동으로 하루를 시작하기를 꼭 권한다.

Upgrade(개선) Point

⊙ '내가 행복하다고 느낄 때' 30가지 리스트를 만들어보자.

⊙ 매일 같이 실천하면 좋을 나만의 습관 10가지를 정해보자.

6 고치기 어려운 병 고치기

> 피드백은 열정적인, 그리고 내실 있는 지혜가 담긴 에너지의 교환이다.
> 때로는 달콤하고 때로는 쓰디쓴 이 커뮤니케이션을 즐길 수 있어야만 에너지를 만들어낼 수 있다.
> – 전옥표 –

서울에도 인천공항과 김포공항 두 곳이 있는 것처럼 미국 뉴욕도 공항이 두 곳 이다. 국내선은 라구아디아 공항, 국제선에는 JFK 공항이 있다. 미국은 존경할 만한 사람의 이름을 따서 지명을 만드는 경우가 있는데 국제선은 케네디 대통령 이름을 따서 JFK공항으로 명명했고, 국내선은 뉴욕 시장을 세 번 역임한 라구아디아 시장 이름을 딴 것이다. 프랑스 파리에 가면 대통령의 이름을 딴 드골공항이 있다.

라구아디아 시장은 뉴욕 시민들의 존경을 받으며 유일하게 3선을 한 시장이다. 그분은 어디를 가든지 늘 시민들에게 질문 한 가지를 했다고 한다. "제가 잘하고 있습니까?" 잘한다고 생각하는 사람은 인정, 칭찬을 해줄 것이고, 불편한 점이 있는 사람은 '이런 점은 고쳐야 합니다.'라고 피드백을 할 것이다. 시민들의 피드백을 늘 구한 것이 3선 시장으로 존경받으면서 이름을 남긴 비결 중에 하나이다.

피터 드러커는 '역사상 알려진 지식 근로자를 위한 유일하고도 확실한 학습방법은 피드백이다'고 말한다. 피드백은 우리가 성장해 나가는 데 매우 중요하다. 그러나 더 중요한 것은 계속적인 피드백(continuous feedback)이다. CF를 잘 찍어야 기업 매출이 오르듯, 계속적인 피드백을 받으려 노력할 때 지속적인 변화와 성장이 가능하다. 임원 코칭을 할 때 빠지지 않고 하는 게 주위 사람들의 그 사람에 대한 피드백을 듣고 전달해 주는 것이다.

다른 사람들이 자신을 어떻게 보는지 모를 때가 많다. 자신만이 옷을 벗은 것을 모르는 벌거벗은 임금님이 될 소지는 누구에게나 있다. '성공하는 사람들의 7가지 습관' 교육에 가면 참가한 사람들에 대한 피드백을 주변 사람들에게 미리 받아서 보고서로 전달해 주는 시간이 있는데, 한 사장이 자신에 대한 직원들의 평가를 보면서 열을 엄청 받고 얼굴색이 변하고 씩씩거린 기억이 난다. 자신에 대한 직원들의 리얼한 평가를 듣자 놀란 것이다. 자신이 남들에게 어떻게 비쳐지는지 아는 게 변화의 시작이다.

한번은 조찬 모임에 가서 피드백에 대해 강의를 했는데 식사하면서 같은 테이블에 앉은 야구를 좋아하는 대표 한 분이 질문을 했다. "야구할 때 타자의 배트에 빗맞은 공이 하늘로 떴을 때 포수가 어떻게 공을 잡는지 아세요?" 공에만 집중했던 포수는 공이 어디로 떴는지 알 수가 없다. 그때 투수가 공의 방향을 손으로 가리키면 그것을 보고 가서 잡는다고 한다. 가까이 있지만 내가 못 보는 것을 볼 수 있게 해주는 것이 주위 사람의 피드백이다.

주말이면 부모님 댁에 찾아가 식사를 하곤 하는데 가는 길에 차 안에서 '오늘은 뭘 먹으면 좋겠다' 얘기를 하면 아내가 '어머님이 그거 안 좋아하시잖아. 이렇게 얘기하실걸' 하고 말하면 정말 그대로 될 때가 있다. 수십 년간 같이 살아온 아들은 그 패턴이 안 보이는데, 옆에서 보는 아내는 모자간의 대화 패턴이 보이는 것이다. 장기나 바둑을 둘 때도 옆에서 훈수 두는 사람이 수가 더 잘 보이는 법이다. 내기에 대한 욕심이나 부담이 없기 때문에 객관적으로 상황을 볼 수 있다.

운전을 하다 보면 자기 바로 옆에 사각지대가 있는데 자신은 못 보게 된다. 내가 가지고 있지만 나는 못 보는 모습을 알려면 주위에 물어 봐야 한다. '내가 잘하고 있는 것은 무엇인가요? 고치면 좋을 것은 무엇인가요?' 대기업의 인사 총괄하는 임원분 말로 고치기 어려운 병 중에 '임원병'이 있단다. '자기가 회사에 이 정도 기여를 했으니 누가 나에게 뭐라고 하겠냐?' 하는 넘치는 자신감이 문제가 된다고 한다. 잘한 부분은 인정하지만 그 수준을 넘어서야 하는데, 거기서 멈추고 더 이상 성장하지 못하는 사람이 있다는 것이다. 사장감 후보를 결정할 때 한 가지 중요하게 보는 것이 따끔한 피드백을 했을 때 어떻게 그것을 받아들이는지를 본다고 한다.

모기업 회장은 임원을 뽑을때 한직에 발령을 낸 다음에 몇 달 뒤에 그 사람이 일을 잘 하는지 확인한다. 열심히 일 한다는 얘기를 들으면 그다음 인사이동 때는 해외 오지로 발령을 낸다. 몇 달 뒤에 일을 잘하는지 확인한 후에 긍정적인 답을 얻으면 임원으로 승진시킨다. 안 좋은 상황일 때 어떻게 반응하는지 보고 진급을 결정하는 것이다.

본인에 대한 다른 사람의 피드백 중에 1%의 진실이 있다면 그것은 진실인가 아닌가? 1%의 진실이 있는 것이다. 키가 작은 사람에게 '왜 이렇게 키가 크세요' 하면 기분 나빠하지 않는다. 자신이 키가 크지 않다는 것을 본인도 알기 때문이다. 그런데 '왜 이렇게 키가 작으세요?' 하면서 애기를 하면 열 받는다. 자신 안에 있는 부분을 건드렸기 때문이다.

내 안에 해당하는 부분이 없으면 열 받지 않는다. 내가 열을 받는 것은 그 안에 나에 대한 약간의 진실이 있기 때문이다. 그런 말을 들을 때 마음이 불편할 수는 있지만 그것을 통해 내 성장의 기회로 삼는다면 지혜로운 사람이 아닐 수 없다. 조직에서도 진급할 타이밍에 물먹는 경험을 할 때 자신을 돌아볼 줄 아는 게 앞으로 성장을 결정한다.

대학원에 다닐 때 한 수업을 듣는데 그 과목을 강의하는 교수는 강의를 잘하는 분이었다. 그런데 한 가지 안 좋은 습관이 있었는데 강의를 하면서 안경을 계속적으로 손으로 올리는 버릇이 있었다. 계속적으로 안경에 손이 가니까 강의에 몰입하기가 어려웠다. 다른 사람은 문제 삼지 않는데 필자는 강사로서 강의하는 입장에서 그게 눈에 거슬렸다.

한 번은 수업 시간에 몇 번을 안경에 손을 대나 바를 정자(正)로 표시하면서 숫자를 세어 보았더니 3시간 수업에 50번 넘게 손이 올라갔다. 숫자를 센 다음 시간에 필자가 속한 조가 발표를 할 기회가 생겨서 나가 발표를 시작하면서, 수업을 같이 듣는 동기들에게 퀴즈를 내며 시작했다. '교수님이 과연 몇 번 안경을 올리실까?' 하고 객관식으로 문제를 내서 동기들을 웃게 한 적이 있다.

그런데 놀라운 일은 그 다음 주부터 생겼다. 그 교수는 팔을 마주 잡거나 한쪽 손을 바지 주머니에 넣거나 하면서 안경에 손을 안 대려고 부단히 노력하면서 10번도 안 되게 횟수를 줄이는 것이었다. 평소에도 수업을 잘하는 교수라 존경하고 있었는데 학생의 피드백에 즉각적으로 반응을 보여주니 더 존경스러운 마음이 들었다. 주위 사람들의 피드백에 귀를 열자. 아내의 피드백을 솔직히 받아들이는 게 그 시작이지 않을까 싶다. 남자는 세 여자의 말을 잘 들으면 성공한다. 네비게이션의 목소리, 캐디의 목소리, 아내의 목소리.

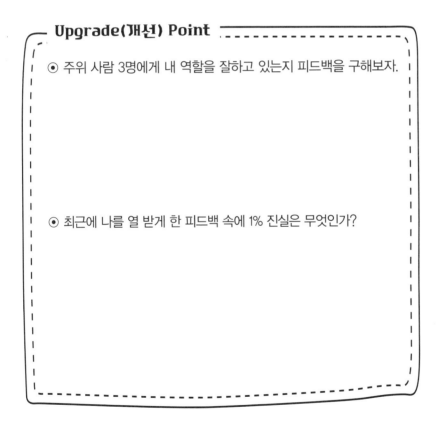

Upgrade(개선) Point

⊙ 주위 사람 3명에게 내 역할을 잘하고 있는지 피드백을 구해보자.

⊙ 최근에 나를 열 받게 한 피드백 속에 1% 진실은 무엇인가?

7 이 일을
왜 하지?

성공하는 사람들은 단순히 조언을 받는 것보다
더 많은 조언을 구하고자 한다.
"당신이 만약 내 입장이라면 어떻게 하겠습니까?"
– 존 템플턴 –

미국 워싱턴에 가면 제퍼슨 기념관이 있다. 미국독립선언서의 기초자인 미국 3대 대통령 제퍼슨을 기념해서 만든 기념관인데 돌들이 심각하게 부식되어 가는 문제가 있었다. 고가의 대리석 돌들을 교체하기 전에 문제의 원인을 찾아 보았다. 원인은 돌을 비눗물로 자주 청소하기 때문이다. 그럼 왜 자주 청소하는가? 많은 비둘기들이 찾아와서 배설물을 많이 남기기 때문이다. 그럼 왜 비둘기들이 많이 날라 오나? 거미들이 많아서 거미를 잡아 먹으러 오는 것이다. 그럼 왜 거미가 많은가? 거미들은 나방들이 많아 그것들을 먹기 위해 모여든다. 그럼 왜 나방들이 많이 모여드는가? 나방들은 해질 무렵 기념관의 전등 불빛을 보고 모여든다는 사실을 알게 되었다. 결국 종전보다 외벽 조명을 2시간 후에 켜는 것으로 문제가 말끔하게 해결되었다. 비싼 돈을 들이고 대리석을 교체할 뻔한 일이 점등 시간을 늦추면서 돈도 절약하게 된 경우이다. 문제의 원인이 무엇인가 계속해서 묻는 것이 얼마나 중요한지 알려주는 유명한 사례다.

《나는 왜 이 일을 하는가?(Start with Why)》라는 책을 쓴 사이먼 사이넥은 역사적으로 탁월한 리더들을 조사해 본 결과 그들의 한 가지 공통점을 찾았다. 무엇을 하라고 말하기 전에, 어떻게 하라고 말하기 전에, 왜 이 일을 해야 하는지 먼저 말한다는 것이다. 유튜브(www.youtube.com)에 가서 그 책 제목 '나는 왜 이 일을 하는가?'를 치면 그의 강의를 들을 수 있다. 스스로에게 필자가 왜 이 일을 왜 하는지 물어 본 적이 있다.

나는 왜 강의하고 코칭하는 일을 하는가? 좋아서.
그럼 왜 좋아하지? 사람의 성장과 발전을 돕는 일이니까.
성장과 발전이 왜 중요하지? 일을 하면서 보람을 느끼니까.
그럼 왜 보람이 중요하지? 새로운 사람들을 만나고 여행을 좋아하는 적성에 맞아서.
그럼 적성에 맞는 게 왜 중요하지? 적성에 맞는 일을 해야 롱런할 수 있으니까.
그럼 롱런이 왜 중요하지? 2050년 나이 80세까지 활동하는 계획을 가지고 있으니까.
그럼 왜 80세까지 활동하는 게 중요하지? 둘째 아들이 40세가 되는 해가 2050년인데 그때 보다 나은 대한민국을 물려 주고 싶은 마음이 있어서.

스스로에게 질문을 계속 하다 보니 생각이 심플하게 정리되고 지금 하는 일을 왜 해야 하는지 정리가 되었다. 한번 시간을 내서 스스로에게 질문을 던져 보면 평소에 생각지 못한 답을 찾을 수 있다. 책상에 앉아서 답을 찾기보다는 등산을 하거나 올레길을 걷거나 둘레길을 걸으면 생각이 더 잘 정리된다. 주말에 한번 시간을 내보자.

고위공무원을 코칭하러 제주도에 갈 일이 있었다. 평소에 기회 되면 여행가는 것을 좋아했는데 제주도 가는 것을 특히 좋아했다. 갈 때마다 새로운 모습을 보여주는 곳이 제주도다. 대학교 때 영어관광가이드 자격증을 취득하고 나중에 은퇴하면 고궁에 가서 외국인들을 대상으로 한국의 문화유산과 유적을 설명하는 모습을 꿈꾸고 있다. 지금까지 20여 개국을 가 보았는데 가이드가 설명을 잘해서 기억에 남는 곳이 두 군데 있다. 한 곳은 해외였고 한 곳은 국내다.

첫 번째는 뉴욕 자유의 여신상이다. 가이드가 스토리텔링으로 여신상이 어떻게 만들어져서 여신상 전체를 옮길 수가 없어서 부분을 나누어서 배로 옮기고 뉴욕에 와서 조립한 얘기, 그곳에 도착하기까지의 이야기를 하는데 성우가 말하는 것처럼 목소리도 높낮이를 바꾸고 제스처까지 취하면서 흥미진진하게 이야기를 이끌어가 이야기에 빠져서 집중하며 들을 수 있었다.

국내에서는 제주도의 '생각하는 정원'이다. 외국의 국가 정상급 인사들이 한국에 올 때 빠지지 않고 데려가는 곳이다. 한미 FTA 협상을 제주도에서 할 때도 협상단이 교착상태에 빠지자 그곳에 가서 기분전환을 하고 갔다고 한다. 분재를 모아 놓은 곳인데 분재 하나 하나를 가이드가 설명하면서 관광객들에게 질문을 하나씩 던진다.

분재를 싫어하는 사람들도 있다. 화분을 매년 갈아 주면서 성장을 막는다는 이유에서다. 그곳에서는 설명을 반대로 한다. 분재는 화분을 매년 갈아 주어서 오래 살 수 있다고. 화분을 갈아 주지 않으면 뿌리가 커져서 오래 살 수가 없다는 것이다.

분재 하나 하나를 설명하면서 가이드가 얘기를 하는데 울림이 있다. 예를 들면, "분재는 화분을 갈아 주어야 오래 살고 사람은 생각을 바꾸어야 오래 산다. 내가 버려야 할 생각은 무엇인가?" 스스로에게 생각할 거리를 주는 강력한 질문이다. 다음 분재로 가면 이런 식이다. 해송이 있는데 죽은 부분이 있고 살아 있는 부분이 어우러져서 일반적으로 보기 어려운 멋진 작품이 된다. "내가 받아들이기 어려운 부분을 받아들여서 오랜 세월 인내하다 보면 이렇게 멋진 작품이 됩니다. 내가 받아들이기 싫지만 인내해야 할 부분들은 무엇입니까?"

이물질이 들어와서 조개가 진주를 만들 듯, 우리 각자에게 받아들이기 싫고 힘든 현실들이 있는데 분재 하나 하나를 설명하면서 자신의 인생을 돌아볼 수 있는 질문들을 던지니 설명을 다 듣고 정원을 한 바퀴 돌고 나면 인생에 대한 관점이 달라지는 것을 느낄 수 있다. 그런 곳이니 외국 정상급 인물들을 데리고 와도 오셨던 분들이 좋은 인상을 가지고 떠날 수 있게 되는 것이다.

'삶의 의미는 발견하는 것이 아니라 만들어 가는 것이다' 《어린 왕자》로 잘 알려진 작가 생텍쥐페리가 한 말이다. 윌리엄 제임스는 '인생은 살만한 가치가 있다고 믿어라. 그러면 그 믿음이 그럴만한 이유를 만들어줄 것이다.'(Believe that life is worth living and your belief will help create the fact)고 말한다. 스스로에게 질문을 던지면서 삶의 의미를 찾아보자. 스스로에게 질문하는 습관은 삶의 가치를 높여 주는 좋은 방법이다.

Upgrade(개선) Point

⊙ 나는 지금 하는 일을 왜 하는가?

⊙ 내 인생을 살만한 가치가 있다고 믿는다면, 그 이유는 무엇인가?

8 조연을 주연처럼 움직이게 하는 방법

타인보다 우수하다고 해서 고귀한 것이 아니다.
진정한 고귀함은 과거의 자신보다 우수해지는 것이다.
–어니스트 훼밍웨이 –

어떤 사람에 대해 말할 때 그 사람은 '철이 들었다'는 말을 한다. 철이 들었다는 것을 과연 무슨 말일까. 봄, 여름, 가을, 겨울 사계절이 있듯이 인생에도 사계절이 있다. 공자는 18년 주기로 인생을 네 단계로 나누었다. 1-18세까지 청소년 시기로 인생의 봄, 19-36세까지 열심히 땀 흘리며 실력을 쌓는 인생의 여름, 37-54세까지 인생의 결실을 보는 인생의 가을, 55-72세까지가 인생의 의미를 추구하고 삶을 마무리하는 인생의 겨울로 봤고 공자는 72세에 생을 마감했다.

철이 바뀐 것을 모르는 사람을 철부지(不知)라고 한다. 끝이 안 날 것 같이 무더운 여름도 입추가 지나면 아침저녁으로 선선해 지고, 금새 가을이 된다. 주위에 보면 나이 마흔 넘어서 운동하다 다치는 사람들이 있다. 마음은 청춘인데 몸이 바뀐 것을 알지 못해서 그렇다. 40대 중반부터는 일상을 조심하라고도 말한다. 운동을 하다가 다치는 게 아니라 일상 생활 중에서 어이없이 다친다.

에이플러스 – 변화와 성장을 위한 5가지 열쇠 –

조직 안에서의 역할도 직급이 바뀌면서 변화된다. 변화에 맞춰서 잘 적응하면 순리대로 가는 것이고, 적응 못할 때 어딘가 삐걱거리게 된다. 아는 후배는 회사에서 이사로 진급을 했는데 공황장애로 고생했다. 카리스마 넘치는 본인 스타일을 고집하다가 환경 변화에 적응 못하고 스트레스를 많이 받은게 원인이었다. 약을 먹고 치료 받으면서 자신의 스타일을 본의 아니게 바꾸게 된다.

연예인들도 나이가 들면서 역할이 바뀐다. 주연에서 조연으로 바뀌게 된다. 이때 두 가지 중에 한 가지 선택을 해야 한다. 기회가 적게 오더라도 주연으로 남을 것인가? 맡고 있는 역할의 비중은 약해지더라도 조연으로 남을 것인가? 둘 중의 하나를 선택하게 된다. 가수 나훈아 같은 경우는 끝까지 주연으로 남은 경우다. 그는 다른 가수의 공연에 절대 조연으로 나오지 않는다. 삼성그룹에서 일년에 한번씩 VIP를 초청해 행사를 신라호텔에서 진행 하는데 유일하게 거부한 가수가 나훈아라고 한다. 출연료에 관계없이 자신이 주연으로 대접받지 못하는 행사에는 참석을 안 한다.

어느 배우가 있었다. 어릴적부터 연기를 시작했고, 오랫동안 연기를 해오면서 100편이 넘는 영화를 찍었고, 수십 건의 CF를 촬영했다. 백상예술대상 최우수 연기상을 비롯해 대종상영화제, 청룡영화제 남우주연상등 수 많은 상을 받았다. 대종상 영화제 홍보대사도 하고 부산국제영화제 부집행위원장, 영화배우협회 이사장, 신영균 예술문화재단 이사장 등 영화계 발전을 위해서 누구보다도 많은 역할을 했고 국민들의 사랑을 받은 배우다.

그 배우가 주연일 때는 누구보다도 연기를 잘한다고 인정받았는데 조연으로 역할이 바뀌면서 자신 때문에 영화를 촬영하다가 중단하는 일을 겪으면서 큰 정신적 충격을 받았다. 무엇이 문제인가 곰곰이 살펴보니 본인이 주연일 때는 감독이 어떤 장면을 촬영하려고 하면 이번 장면이 어떤 의미가 있는지 어떤 감정을 살려주어야 하고 어떻게 촬영에 들어갈지 일일이 다 설명을 하고 촬영했기에 감독의 의도대로 촬영을 잘 할 수가 있었다.

조연으로 역할이 바뀌자 대본을 받고 자신의 장면이 촬영할 때만 가서 영화를 찍다 보니 영화가 어떤 흐름에서 오는지 이해를 잘 못하고 촬영에 들어가면서 문제가 생기기 시작했다. 그래서 대안으로 생각해 낸 것이 본인의 영화 촬영이 있는 날이면 새벽같이 나가서 영화가 어떤 흐름에서 스토리가 전개되는지 보면서 충분히 이해하고 촬영에 들어갔다. 그렇게 하기 시작하자 자신 때문에 문제가 되는 경우가 더는 생기지 않았다. 자신의 역할이 주연에서 조연으로 바뀐 것을 이해하고 적절한 대응방법을 찾아서 잘 적응했다.

어느 날 후배가 찾아와서 자신이 겪었던 것과 똑같은 고민을 얘기했다. 후배 연기자는 촬영하고 있는 영화에서 겪은 애로사항을 나눴다. 두 사람은 주연으로 같이 영화를 촬영하기도 했던 아주 친한 관계였다. 선배는 후배에게 자신도 똑같은 일을 겪었다고 얘기하면서 자신의 경험담을 얘기해 주었다. 후배는 그 말에 자극을 받아 영화 촬영장에 열심히 나가 촬영에 임했고 그 영화는 천 만명이 넘는 관객수를 기록하며 대 히트를 친다.

이 이야기의 선배는 국민배우 안성기씨이고, 후배는 영화 [해운대]에서

에이플러스 – 변화와 성장을 위한 5가지 열쇠 –

쓰나미가 몰려오는 걸 예측한 국제 해양연구소 지질학자 김휘 박사역을 맡은 박중훈씨다. 다음에 혹시 TV에서 해운대 영화를 다시 볼 기회가 생기면 박중훈씨의 연기를 주의해서 한 번 보자. 안성기씨와 박중훈씨는 [투캅스], [라디오 스타]등 같이 주연으로 출연한 영화도 여러 편이다. 그런 한국을 대표하는 배우들도 시간이 흐르면서 역할이 주연에서 조연으로 바뀐다. 안성기씨는 조연을 하더라도 비중있는 조연을 하자는 마음가짐으로 다양한 영화에 출연하고 있다.

조연을 주연처럼 움직이게 하는 방법은 조연에게 우리가 하는 일이 어떤 일이고 왜 해야 하는지 또한 의미가 무엇인지 알려주고, 어떤 흐름에서 이번 프로젝트가 온 건지 공유하고 알려준다면 조연도 전체 맥락을 잘 이해하고 주연처럼 활동하게 된다. 조직에서도 비싼 몸값을 주고 주연으로 여러 명을 데려올 수 없다면 조연을 어떻게 주연처럼 움직이게 할 것인가는 중요한 이슈다. 리더가 조금 더 자주 소통하면서 조연이 전체 상황을 보다 잘 이해하고 움직일 수 있도록 해보자.

Upgrade(개선) Point

⊙ 나는 속한 조직에서 주연인가, 조연인가? 그렇게 생각하는 이유는 무엇인가?

⊙ 내 역할을 보다 잘 수행하기 위해 필요한 것은 무엇인가?

김대형이 만난
A⁺ 리더
네번째.

〈1,000만원으로 시작해 1,000억 매출 회사가 되다.〉

회사가 10배 성장하려면 어떤 방법이 있을까? 매년 25%씩 성장하면 10
년 후에는 10배로 성장한다. 실제 성장이 그렇게 숫자적으로 되는 것은
분명히 아닐 것이다. 경기가 좋을 때는 더 성장할 수도 있고, IMF 외환위
기나 미국발 금융위기, 메르스 등 외부적인 큰 변수가 생겨서 경제전체가
크게 영향을 받는 변수가 생기기도 한다. 그런 다양한 변화 가운데서도
10배 성장을 한 회사가 있다. 이 회사의 얘기를 잠깐 나누고자 한다.

A회사의 B대표는 2000년에 100억이던 매출을 10년 후 2010년에 1100
억 매출을 올리면서 10배 이상 회사를 키워왔다. 2020년 1조 매출을 목
표로 열심히 경영을 하는 분이다. 한 가지 아쉬운 것은 이 회사 대표님이
꿈이 크셔서 본인 생각에 아직 반도 이루지 못했다고 생각하기에 회사 이
름이 밝혀지는 것을 원하지 않았다. 하지만 이 분의 경영마인드는 배울
점이 분명히 있어서 이런 회사가 있다는 것을 언급하는 것만으로도 배울
점이 분명히 있다고 본다.

B대표에게 지금까지의 실적으로도 충분히 남에게 도전이 되고·배울만한 부분이 많다고 얘기했지만 B대표의 표현은 달랐다. 기준을 무엇으로 보느냐가 중요함을 다시 한번 알 수 있었다. 이마트는 10년만에 연매출 10조 규모 회사가 되었고, A회사와 비슷한 시기에 창업한 하림도 6조 규모 회사가 되었다는 것이다. 그런 회사들에 비하면 자신의 회사는 아직 갈 길이 멀다는 것이다.

이 회사가 속한 산업군은 농산물과 관련된 1차 산업에 들어간다. 농장, 공장, 시장은 1차, 2차, 3차산업을 구분하는 키워드다. 닭고기로 유명한 하림은 농장에서 닭을 기르고, 공장에서 가공을 하고, 소비자에게 공급하는 시장을 하나로 묶는 사업모델을 만들어서 고속성장을 한다. 정성 담은 먹거리로 사람을 행복하게 만드는 기업이 되는 것이 A 회사의 미션이고 산지에서 식탁까지 올바른 식문화를 선도하는 글로벌 기업이 되는 것을 비전으로 하고 있다.

세계적인 억만장자들을 조사해보면 페이스북(Facebook)이나 구글(Google)같은 IT 회사가 많을 것 같으나 실제로 조사해 보면 1/4 정도만이 IT 회사다. '유망 업종이 있는 것이 아니라 경영자가 어떤 마인드를 가지고 경영하느냐에 따라 유망 회사가 될 수도 있고, 망하는 회사가 될 수도 있다.'는 말을 실감나게 해주는 경영자가 바로 B경영자다. 선진국 치고 1차 산업이 선진화되지 않은 나라는 없다고 한다. 한국은 농업분야 무역적자가 300억불인데 네덜란드는 400억불 가까운 흑자를 기록하고 있다. 성장 가능성이 많이 열려 있다는 의미다.

회사 홈페이지에 가면 회사의 핵심가치인 정직, 섬김, 열정에 대해서 '행동규범'과 '행동약속'으로 다 구체화해서 정리를 해 놓았다. 예를 들면, 세 번째 핵심가치인 도전하고 변화하는 '열정'에 대해서는 행동규범으로 다음과 같이 정리가 되어있다.

1. 변화를 수용하고 늘 새로운 가치에 도전한다.
2. 스스로 자기 업무의 주인이 된다.
3. 항상 자기개발에 정진하여 World Best 전문가를 지향한다.

행동규범 세 번째 항목인 마지막 '항상 자기개발에 정진하여 World Best 전문가를 지향한다'와 관련해서는 다음과 같은 '행동약속'을 정해서 실천하고 있다.

- 회사 교육 일정을 미리 확인하고 반드시 참석한다.
- 업무 관련 전문서적을 매월 1권 이상 읽는다.
- 학습을 통해 얻은 지식과 아이디어를 현장에 적용한다.
- 항시 담당 업무 관련 시장조사 및 정보를 수집한다.
- 자기 분야의 최고 전문가를 찾아 롤모델로 삼고, 경험자의 조언을 구한다

세 가지 핵심 가치에 대해 세 가지씩 행동규범을 정한 후 각 행동규범에 대해 행동약속을 정해서 직원들이 실천할 수 있도록 정한 것만 봐도 이 회사가 추구하는 가치를 얼마나 실천하기 위해서 노력하는 회사인지 알 수 있다. 회사 사옥을 새로 지으면서 자신들이 취급하는 아이템을 조형물로 해서 사옥을 지었다. 건물 안에 들어서면 또 다른 조형물과 커다란 그

림으로 시각적으로 표현한 게 인상적이다.

회사에 있는 회의실에는 '성과'와 같은 회사에서 중요하게 여기는 키워드로 이름을 지었다. '세상을 바꾸는 건 사람이고, 사람을 바꾸는 건 교육이다.'는 철학을 가지고 회사를 운영해 왔다. 직원 교육을 강조하는 회사답게 1층 강당은 '학습'이라는 이름을 붙여 놓았다. 심지어 남자화장실에는 각 소변기 위에 회사의 핵심 가치인 정직, 섬김, 열정에 맞는 책에서 인용한 좋을 글귀를 게시해 놓고 직원들이 한번 더 핵심가치를 생각해 볼 수 있게 한다.

회사가 비약적인 성장할 수 있었던 시작은 B대표가 지방을 많이 다니며 차에서 보내는 시간이 많았는데 이 시간을 자기계발의 시간으로 사용하기로 작정하면서부터 찾아왔다. 기사를 고용하고 움직이는 차 안에서 책을 보고 좋은 내용의 동영상들을 보면서 달리는 차 안을 움직이는 자기계발 아카데미로 활용하면서 비약적인 성장을 하게 된다. B대표는 그간 운전하느라 피곤하고 힘들었는데 새로운 것들을 접하고 현업 적용을 고민해 볼 수 있는 시간의 양이 늘어난 만큼 회사도 성장을 한다.

B대표는 10년 동안 머슴생활 하면서 모은 돈 1,000만원을 종자돈으로 사업을 시작한다. 머슴생활이라고 해서 깜짝 놀라서 물었더니 남의 회사에서 먹고 자고 하면서 일한 것을 머슴이라고 표현했고 요즘 말로는 '직장생활'이라고 표현한다. 30년 넘는 사업경험을 바탕으로 2020년 1조 매출을 목표로 노력하고 있다. 2030년 10조 매출을 하는 글로벌 회사가 되면

1조 장학재단을 만들 계획을 가지고 있다.

2040년 100조 규모 회사로 지속성장 가능한 회사가 된다면 제주도에 일본의 마쓰시타 정경숙을 닮은 리더십 아카데미를 세워 각국의 리더들을 초대해 이곳에서 교육을 받고 세계 평화와 번영을 위해 배우고 노력할 수 있는 기관을 설립하는 원대한 꿈을 가지고 있다. 그렇게 된다면 한국 사람들은 전세계 어디를 가든 환영 받는 국민이 될 거라는 가슴 벅찬 꿈을 가지고 있다. 이런 거대한 꿈을 가지고 있기에 자신의 현재 모습이 작아 보일 수밖에 없는 것이다.

지금까지 이루어온 연평균 25%의 성장을 앞으로 계속 이어가는 것이 쉽지 않을 것이다. 한국 시장도 성장기에서 성숙시장으로 변화하고 있기 때문이다. 그래서 글로벌로 나가기 위한 준비를 꾸준히 해오고 있다. 베트남이나 인도네시아와 같은 성장 시장에서는 6~8%의 이자율로 한국성장기와 비슷하다고 한다. 최빈국에서 OECD 가입국이 된 전세계 유일한 나라 한국의 경험을 외국에 나가 나눈다고 하면 외국에서 매우 환영한다고 한다.

회사에서 만났을 때 놀란 부분은 B대표가 양복을 입지 않고 캐주얼 옷을 입고 있는 모습이었다. 나이 육십이 넘어서 그 전에는 잘 입지도 않던 청바지를 입고 출근을 하고 있다. 직원들이 자유로운 분위기에서 일할 수 있도록 하기 위해 먼저 노력하는 모습을 보이기 위한 제스처다. 꿈은 미래를 위한 씨앗이고, 어려운 시기를 버틸 수 있는 버팀목이라고 말하는 B

대표의 말 속에서 회사가 앞으로 어려움 가운데서도 잘 버티고 큰 거목으로 성장할 것이란 기대가 생겼다. 10년 후 혹은 20년 후 한국을 대표하는 글로벌 식품회사로 탄생하는 위대한 여정을 초기에 목격한 사람이 된다면 더 없이 기쁘겠다.

너희 중에 누구든지
크고자 하는 자는
너희를 섬기는 자가 되고,
너희 중에 누구든지
으뜸이 되고자 하는 자는
너희의 종이 되어야 하리라

− 마 20:26-27 −

CHAPTER 5

Serving

♡ 섬김

무엇이 성공인가
- 랄프 왈도 에머슨

자주 그리고 많이 웃는 것
현명한 이에게 존경을 받고
아이들에게 사랑을 받는 것,
정직한 비평가의 찬사를 듣고
거짓된 친구들의 배반을 견뎌내는 것,
진정한 아름다움을 발견하고
다른 사람에게서 최선의 것을 발견하는 것
건강한 아이를 낳거나
한뼘의 정원을 가꾸거나
사회 여건을 개선하거나
무엇이든 자신이 태어나기 전보다
조금이라도 나은 세상을 만들어 놓고 가는 것,
자네가 이곳에 살다 간 덕분에
단 한 사람의 인생이라도 행복해지는 것

이것이 진정한 성공이다.

1
곳간에서
인심 난다

리더는 타인을 변화시키기 전에 먼저 자기 자신을 변화시켜야 한다.
위대한 리더들을 모범을 보인다.

– 존 맥스웰 –

"당신 삶에 기적이 생긴다면 어떤 게 기적일까요?" 한번은 코칭을 하면서 고객분에게 물었다. 그분이 눈을 약간 치켜 세우며 잠시 생각을 하더니 말했다. "남편이 바뀌면 기적이겠네요." 배우자가 변화되는 게 얼마나 어려운지, 아니 내가 원하는 대로 바뀌는 게 얼마나 잘 안 되는지 살아본 사람은 다 안다. 200% 공감하면서 "아, 정말 그만한 기적이 없겠네요. 조금만 배우자에 대해 설명해 주실 수 있나요?" 하고 질문을 했더니 전문직에 있는 남편이 자존감이 아주 높아서 자기 잘난 맛에 사는 분이라고 했다.

같은 남자로서 남자는 칭찬을 해주는 게 중요해서 물었다. "남편분을 얼마나 자주 칭찬해 주시나요?"라고 물었더니 안 한다고 한다. 그럼 다음 질문. "본인 자신은 얼마나 자주 칭찬하시나요?" 이번에도 역시 안 한다고 한다. 그런데 그분은 칭찬 받기에 마땅한 분이었다. 결혼 후 박사학위를 받았고, 자녀 셋을 키우며 워킹맘으로 바쁘게 살아가고 있었다. 그분

에이플러스 – 변화와 성장을 위한 5가지 열쇠 –

을 보면서 한 가지 중요한 것을 깨달았다. '곳간에서 인심난다'고 물질적인 것뿐만 아니라 정신적인 것도 내가 가지고 있지 않으면 남에게 줄 수가 없다는 사실이다. 평소에 자기자신을 칭찬할 수 있는 사람이 남도 칭찬할 수 있다.

《꾸뻬 씨의 행복 여행》이 베스트셀러로 인기를 끌었고 소설을 영화화한 작품도 있다. 파리의 정신과 의사가 자신에게 찾아오는 수많은 사람들을 상담하면서 행복한 삶을 살도록 도와주고 있는데 정작 자신은 행복하지 않은 것을 발견한다. 그래서 과감하게 세계 여행을 떠나 무엇이 사람들을 행복하게 하는지 찾아보고 그것들을 하나씩 정리한다.

'행복의 첫 번째 비밀은 자신을 다른 사람과 비교하지 않는 것이다', '많은 사람들은 자신의 행복이 오직 미래에만 있다고 생각한다', '많은 사람들은 더 큰 부자가 되고 더 중요한 사람이 되는 것이 행복이라고 생각한다', '행복은 좋아하는 사람과 함께 있는 것이다', '행복은 자신이 좋아하는 일을 하는 것이다', 등과 같이 행복한 삶의 비결을 찾아가는 내용이다. 다른 사람의 삶과 비교하지 말고 자신이 무엇을 할 때 신나고, 기분이 좋고, 시간 가는 줄 모르고, 행복한지 찾아봐야 한다.

제주도에 고위공무원을 코칭하는 진행하는 프로젝트가 있어서 제주도를 여러 번 갈 일이 있었다. 오고 가는 데 멀긴 하지만 개인적으로 제주도를 좋아하기에 즐거운 마음으로 다녀왔다. 간 김에 올레길을 걸으며 몇 가지 질문에 답을 찾아보았다. 마케팅 전문가인 경진건 대표에게 배운 사업하는 사람이 스스로에게 던져야 할 네 가지 질문을 해보았다.

첫째, 우리 회사는 무엇을 하는 회사인가?

둘째, 우리의 핵심역량은 무엇인가?

셋째, 우리는 소비자에게 무엇을 주는가?

　　　소비자는 우리에게서 무엇을 받고 있는가?

넷째, 소비자가 우리 제품이나 서비스를 구매해야 하는

　　　결정적인 이유는 무엇인가?

한 가지 질문을 가지고 한 시간 걸으면서 생각해 보고, 다음 질문을 가지고 또 한 시간 걸으면서 스스로 답해보는 시간을 가졌다.

제주도의 시원한 바다 바람을 맞으며 생각을 하니 평소에 생각나지 않던 생각들이 머릿속을 빠르게 지나갔다. 네 시간을 걸으며 세 개의 키워드를 꼽았다. 세 단어의 머리글자를 따서 '힘(HIM)'이라는 단어를 만들었다. 재미(Humor), 영감(Inspiration), 의미(Meaning)! 교육을 의뢰하는 담당자들은 늘 재미있기를 먼저 요구한다. 그리고 의미도 있으면 좋겠다고 말한다. 지식이나 정보 전달에서 그치지 않고 사람이 변화되는 데는 영감이 필요하다는 점에서 영감을 정했다. 정리를 해보니 '고객의 행복한 성공을 위한 힘(HIM)을 주는 강의와 코칭'이 필자가 하는 일이었다. 시간을 내서 위의 네가지 질문에 답해보는 시간을 꼭 가져보라. 본인의 일에 대한 새로운 통찰을 얻게 된다.

해보고 싶은 것 중에 하나는 제주 올레길을 다 걸어보는 것과 스페인의 산티아고 길을 한번 걸어보는 것이다. 산티아고 길은 예수님의 제자 야고보가 복음을 전하기 위해 걸었던 길로 프랑스 남부 국경에서 시작해 피레네 산맥을 넘어 스페인 산티아고 콤포스텔라까지 이르는 800km 여정이다.

에이플러스 – 변화와 성장을 위한 5가지 열쇠 –

《누구를 위하여 종을 울리나》로 유명한 어니스트 헤밍웨이도 걸었고,《연금술사》로 유명한 파올로 코엘료도 걸으면서 유명해졌다. 매년 수십만 명의 순례자들이 그 길을 걷고 있고 한국 사람들도 매년 늘고 있다. 동양에서는 유독 한국 사람들이 많아 전체 방문국가에서 6위를 차지한다고 한다.

쌍용교육센터 노경한 대표는 스마트폰 어플을 활용해 매일같이 만보 이상을 걷는 분이다. 그분에게 배워서 필자도 매일같이 만보는 못해도 일주일에 7만보 이상을 걷고 있다. 예전에 걸었던 올레길을 생각하며, 또 언젠가 가 볼 산티아고 길을 생각하며 오늘도 뚜벅뚜벅 걷는다. 걸으면서 스스로를 돌아보는 질문들을 던진다. 나는 오늘 어떤 가치를 만들었는가? 오늘 감사한 일은 무엇인가? 어떤 의미 있는 일을 했는가? 내 역할에 충실했는가? 등을 생각해 본다.

Serving(섬김) Point

⊙ 내 삶에 기적이 일어난다면 어떤 것이 기적일까요?

⊙ 나는 오늘 어떤 가치 있는 일을 했는가?

2 뿌리와 날개

> 자신을 혼자라고 생각하고 모든 것을
> 자기에게 유리하게 만드는 사람은 행복하게 살 수 없다.
> 자기를 위해 살고 싶다면 다른 사람을 위해 살아야 한다.
>
> – 세네카 –

필자의 아버지는 1959년 대학교 3학년 때 4·19 혁명을 겪었고, 4학년 때 5·16 쿠데타를 겪었다. 한국이 정치적으로 가장 큰 격동기를 겪는 시기에 대학교를 다녔다. 학교에 다니면서 제대로 공부를 하기도 어려운 시절이었고, 그때는 대학교를 졸업하고 나와도 갈 만한 곳이 별로 없었던 시대였다고 한다. 대기업 공채 같은 것은 있지도 않았다. 아버지는 취업을 생각해 약대로 진학했고, 약대 졸업 후 제약회사에 들어갔다가 몇 년 후 약국을 오픈해서 4남매의 생계를 꾸려 왔다.

4남매 중 3명이 대학원을 나왔는데 지금 생각하면 어떻게 그 등록금을 다 납부 했을까 싶다. 학교 다닐 때 학기 초반에 학급에 필요한 비상약 챙기는 일은 항상 필자 차지였다. 부모님이 약국을 한다는 이유로 학기 초에 구급함을 들고 학교에 갔던 기억이 난다. 안정적인 부모님 직업 덕분에 초·중·고 12년 개근을 할 수 있었다. 이사를 자주 다니거나 했다면 꿈도 못 꾸었을 것이다.

에이플러스 – 변화와 성장을 위한 5가지 열쇠 –

자기계발서를 혐오하는 사람들이 있다. 한마디로 자신만 잘 먹고 잘 살려고 노력해서 자기계발로만 그치기 때문이다. 남에 대한 봉사나 배려가 없기 때문에 싫다고 하는 분들도 가끔 만난다. '나'를 넘어선 '우리' 계발이 되어야 한다. 그 시작이 가족이다. 가족은 내 인생의 시작부터 마지막까지 모든 순간에 걸쳐 영향을 미치는 가장 중요한 관계다.

사람은 태어나서 만 24개월까지 성격의 80퍼센트가 그때 형성된다고 한다. 태어나서 가족과 어떻게 관계를 맺는 법을 배우느냐가 한 사람의 성격에 가장 중요한 역할을 하는 것이다. 할머니와 시간을 많이 보낸 아이들은 노래도 트로트를 좋아하고 음식 취향도 된장찌게, 김치찌게를 좋아한다. 어릴 적 같이 시간을 많이 보낸 사람이 누구냐에 따라서 접하는 게 달라지기 때문이다. 할머니 손에서 자란 조카들 선물로 아이스크림 사 갔다가 시큰둥한 반응을 보고 적잖이 놀란 적이 있다. 평소에 안 먹어서 반응이 없었다.

가족의 역할은 뿌리와 날개라고 말한다. 가족의 첫째 역할은 뿌리가 되어 주는 것이다. 식물이 잘 자라려면 뿌리가 굳건해야 하는 것처럼, 가족은 한 사람이 잘 자랄 수 있도록 자양분을 공급해 주는 뿌리와 같은 역할을 한다. 병의 50%는 유전이라고 한다. 가족에 어떤 병력이 있는지 아는 것도 중요하다. 같은 뿌리에서 나왔기 때문이다. 필자 외삼촌은 간이 안 좋아 간암으로 죽었는데 외사촌 형님도 간암으로 죽었다. 부모의 병력을 아는 것도 중요하고 그에 맞추어서 조심하는 것이 필요하다.

가족의 둘째 역할은 날개가 되어 주는 것이다. 어느 시점이 되면 자신만의 둥지를 찾아서 잘 날아갈 수 있도록 돕는 날개와 같은 역할을 해야 한다. 때가 되었는데도 부모 곁을 떠나지 못하고 얹혀 사는 캥거루족도 있다. 부모에게 경제적인 면에서 손을 벌리고 사는 경우다. 때가 되면 자신의 힘으로 날아갈 수 있도록 날개를 준비시켜 주는 게 가족의 중요한 역할이다.

가족이 화목하게 잘 사는 집은 흔하지 않다. 세 쌍 중에 한 쌍이 이혼을 하고, 나머지 커플들도 실제로 잘 살고 있다고 장담할 수 없다. 아이들 때문에 이혼하지 않고 사는 경우가 많다. 대학교 때 과외를 한 적이 있는데 그 집 부모님 두 분의 관계가 뭔가 심상치 않았다. 고등학교 3학년이었던 학생에게 물었다. "너의 부모님 관계가 3년 후에는 어떻게 될 거 같냐?" 했더니 "이혼하실걸요." 하고 바로 답한다. 자식 대학교 보내려고 참고 사는 경우였다. 어떤 집은 자식 결혼할 때까지 참고 지내는 분들도 있다.

한 사람의 말이나 행동을 보면 그 사람을 이해하기 어려운 경우가 생긴다. 하지만 그가 어떤 환경에서 자라온 사람인가 이해하게 되면 이해 못 할 사람이 없다. 영화 〈국제시장〉에서 자식들이 볼 때는 주인공 황정민이 가수 남진과 꽃분이네 가게에 집착하는 것처럼 보인다. 그러나 그가 베트남전에서 남진과 겪은 상황을 알면 이해하게 된다. 또 가게를 이사 가지 않는 이유도 이산가족이 된 아버지가 혹시 살아 돌아오지 않을까 하는 기대 때문임을 알게 된다.

자식이 부모님을 이해하려고 먼저 노력하는 게 필요하다. 필자는 논산훈련소 출신인데 퇴소할 때 가족이 면회를 왔다. 그때 아버지도 논산훈련소 출신이라는 것을 알게 됐는데 그때 묘한 동질감이 느껴졌다. 이전에는 가

에이플러스 – 변화와 성장을 위한 5가지 열쇠 –

져보지 못한 감정이었다. 아버지도 훈련소에서 똑같이 고생을 했겠구나. 훈련소에서 걱정 반 두려움 반으로 첫날밤을 보냈겠구나. 같은 대한민국 남자로서 느껴지는 감정이었다.

자식 입장에서 이해되지 않는 부모님의 모습도 부모가 자라온 환경을 알게 되면 이해되는 부분들이 생긴다. 아버지 얘기를 좀 더 하면 할머니가 아버지 여동생을 낳고 몇 달 후 하늘나라로 갔다. 할아버지는 갓난아이에게 젖을 먹이기 위해 젖이 나오는 사람을 찾아서 재혼을 했다. 아버지가 계모 밑에서 고생할 것을 걱정한 증조할아버지와 증조할머니는 아버지를 데리고 가서 같이 산다. 부모의 따뜻한 사랑을 받을 기회가 별로 없었던 아버지는 강원도 분답게 무뚝뚝하기로 둘째가라면 서운해한다.

아버지의 성장 환경을 알기 전에는 이해하기 어려웠던 부분들이, 알고 난 후에는 자라온 환경의 결과임을 알게 되었다. 아버지의 영향으로 필자도 무뚝뚝한 부분이 있는데 고치려고 노력 중이다. 먼 곳에 있는 사람보다 매일 함께 부대끼는 가족과 함께 즐거운 시간을 보내고, 좋은 추억을 많이 만드는데 투자하자. 가족과 함께 보낸 시간은 가족의 건강을 위해서뿐 아니라 이 사회의 건강을 위해서도 꼭 필요하다.

Serving(섬김) Point

⊙ 서로에게 날개를 달아주는 가족이 되기 위해 필요한 것은 무엇인가?

⊙ 부모님과 나와의 공통점은 어떤 것들이 있는가?

3 가장 오래가는
관계

자기 자녀들을 위해서 아버지가 해 줄 수 있는
가장 훌륭한 일은 그들의 어머니를 사랑하는 일이다.

– 존 우든 –

필자가 존경하는 멘토중 한 분인 두란노 아버지학교 김성묵 본부장은 인생을 세 시기 즉, 30/30/30으로 나누어 설명한다. 처음 30년은 사회생활에 필요한 기본과 기술을 배우는 시기이다. 집과 학교를 오가는 시기이다. 그 다음 30년은 사회생활을 열심히 하는 시기다. 회사를 열심히 다니면서 저녁과 주말은 가족과 시간을 보낸다. 마지막 30년은 인생을 정리하는 시기이다. 돈보다는 의미가 중요해지고 가정과 사회를 오가며 봉사하고 의미를 발견하는 시간이다. 모든 시기에 걸쳐서 중심이 되는 곳은 가정이다.

가족 중에서 누가 가장 중요한 사람이라고 생각이 드는가? 부모님일까? 부모와는 처음 30년 시간을 같이 보낸다. 그 뒤에는 주말에 만나 식사하는 정도다. 그럼, 자녀일까? 인생의 두 번째 30년 사이에 태어나 성장하고 결혼해서 출가하면 마찬가지로 가끔 볼 뿐이다. 인생의 3분의 2를 같이 보내는 사람은 배우자다. 부부관계가 중요한 이유다. 그런데 현실은

에이플러스 – 변화와 성장을 위한 5가지 열쇠 –

많은 가정이 자녀 중심인 경우가 많다. 중요한 대상과 의미 있는 시간을 보내지 못하고, 그래서 갈등이 많아지는 것이다.

결혼 9주년 기념일이 있는 그 주에 〈나는 가수다〉에 경연을 다 통과했던 박정현 가수의 공연을 보러 갔다. 연애 할 때는 공연도 자주 보러 갔지만 애들이 어려서 갈 수 가 없었는데 애들을 맡기고 몇 년 만에 둘 만의 데이트를 하게 되었다. 공연 전 아내와 식사를 같이하고 차 한잔 마시며 간만에 깊이 있는 대화를 나누었다. 아내의 솔직한 피드백을 받는데 속이 많이 쓰렸다.

"남편은 좋은 아빠이긴 한데, 좋은 남편은 아니다." 2년 전에 필자가 아내에게 했던 얘기 "당신은 좋은 엄마인데, 좋은 아내는 아니다. 그렇다고 해서 내가 좋은 남편이라는 의미는 아니다."를 아내 입장에서 들으니 기분이 묘했다. 2년 전에 그 얘기를 하게 된 계기는 부부 세미나에 갔다가 '부부 사이는 수다쟁이가 될 필요가 있다. 서로의 솔직한 대화도 나눌 수 있어야 한다'는 강사의 말에 7년 동안 못했던 얘기를 나누게 되었고, 그 이야기를 시작으로 서로에 대한 솔직한 느낌들을 나눌 수 있었다.

2년 후 아내에게 필자가 했던 얘기와 같은 얘기를 듣는데 솔직히 기분이 별로 좋지 않았다. 가족을 위해서 나름 노력한다고 했는데 사실 필자 입장에서 노력이었지, 아내와 아이들 입장에서 노력한 게 아니었던 것이다. 우리는 얼마나 자주 내 입장에서만 생각하고 상대방이 내 맘대로 따라와 주지 않는다고 상처받고 화를 내는지 모른다.

필자에게도 나름 깨달음을 주었던 사건이 하나 있었다. 아내에게 처음으로 휴가를 준 날이었다. 세 살 터울 아들 둘을 키우느라 힘들어하는 아내가 하루 원하는 것을 하고 올 수 있도록 했다. 아들 둘과 하루 종일 같이 보내는 불가능해 보이는 미션을 수행했다. 다섯 살, 두 살 아들 둘과 처음 하루 종일 같이 보내려니 기대보다는 걱정이 앞섰다. 나름 열심히 하루 잘 놀았다고 생각했다. 저녁에 아내가 디지털 도어를 열고 들어오는 소리가 나자 애들이 문 앞으로 뛰어가는데 엄마가 들어오자마자 엄마한테 달려가 양쪽 다리를 붙잡고 "엄마~" 하면서 울기 시작하는데 테러리스트에게 인질로 잡혀 있던 사람이 가족의 품에 돌아간 것처럼 서럽게 운다.

그때 느껴지는 배신감! '아, 이건 뭐지?' 그때 느꼈던 당혹스러운 감정을 지인분에게 얘기했더니 그분 하는 말씀 "애들이 아빠와 하루 종일 놀아주려니 힘들었겠네." 그 말을 듣고 보니 애들이 이해가 되었다. 아빠는 애들과 하루 종일 놀아준다고 생각했는데, 사실 애들 입장에서도 아빠와 처음 하루를 보내는 게 적잖은 스트레스였을 것이다. 그걸 필자 입장에서만 생각하니 서운한 마음이 든 것이다. 부부 관계도 마찬가지다. 내가 서운한 감정을 느낄 때는 내가 기대하는 것을 아내가 해주지 않을 때 인데, 그 상황에서 다시 생각해보면 상대방 입장에서 생각하지 않고 내 입장에서만 생각했기 때문에 그런 것임을 느낄 때가 많다.

워렌 버핏은 성공을 '가까운 사람들의 존경을 받는 것'이라고 말한다. 포춘 500대 기업 CEO 중에는 직원들의 존경을 전혀 받지 못하는 CEO도 있단다. 나와 평생을 할 가까운 사람, 가족, 그 중에서도 배우자와의 관계 회복이 중요하다. 우리나라 보다 고령화 사회를 먼저 맞은 일본은 은퇴 준비의 시작을 부부관계를 돌보는 것으로 시작한다. 남편이 은퇴하기만을 기다려 황혼이혼을 준비하는 아내들이 많기 때문에 그런 것이다.

에이플러스 - 변화와 성장을 위한 5가지 열쇠 -

필자는 아내를 부르는 호칭을 9년차까지 '와이프'라고만 불렀다. 그러다 다양한 호칭으로 바꾸어 부르기 시작했다. '자기야', '여보', 'OO 씨' 이름을 부르는 등 호칭을 다양하게 부르기 시작하자 더 친해지는 느낌이 들었다. 유튜브에서 '말의 힘'으로 검색을 해보면 MBC에서 한글의 날 기념해서 만든 다큐멘터리에 나오는 흥미로운 실험 내용이 나온다.

밥을 유리병에 넣고 밀봉한 다음 '감사합니다.' '짜증나'와 같은 말을 붙여 놓고 동일한 메시지의 말을 들려 주었을 때 밥이 어떻게 변화하는지 보여 주는 실험이다. 아무런 말도 못하는 밥이 아주 대조적으로 변화되는 것을 보면 놀라지 않을 수 없다. 한번 꼭 보자. 평소 관계에서 좋은 말을 해야 하는 필요성을 느낄 것이다.

요즘은 필자는 집에서 주말 먹거리 담당이다. 우유와 시리얼, 식빵을 좋아하긴 하지만 주말에 한 끼는 식사를 준비한다. 아직은 라면이나 볶음밥, 떡볶이, 유부초밥 등 간단하게 할 수 있는 음식 수준을 벗어나지 못하고 있다. 하지만 나이 들어서 꼭 필요한게 요리 실력이라 생각하고 노력 중이다. 우리 아들 둘은 평소에 아내가 열심히 노력해서 음식을 만들어도 맛이 없으면 젓가락질을 안 하는 냉혹한 음식 평가단이다. 맛이 없으면 안 먹는 아들들의 입맛을 맞추려고 노력하고 있는데 다행인 것은 반응이 좋을 때가 점점 늘고 있다.

집에 가면 아내와 하루 어떻게 보냈는지 감정 위주로 대화를 나누려고 하는 것도 도움이 되었다. 처음에는 감사한 것 3가지를 나누려고 했는데 하루 어떻게 보냈는지는 알 수 있지만 그때 어떤 감정들이 들었는지 알 수가 없었다. 그날 있었던 일들을 나누면서 그때 느꼈던 다양한 감정들을 나누기 시작하자 하루를 어떻게 보냈는지도 알 수 있고 그때 느꼈던 감정들을 들으면서 사실뿐만 아니라 감정도 알게 되면서 서로 보다 더 잘 이해하게 되었다. 부부 사이를 가깝게 해줄 수 있는 나름의 방법을 찾아보자.

Serving(섬김) Point

⊙ 나와 가장 가까운 가족은 누구인가?

⊙ 관계를 더 좋게 하는 한 가지 방법은 무엇인가?

4 내 인생을 한 줄로 표현한다면?

 사람은 죽으면 돈을 남기고, 명성을 남기기도 한다.
그러나 가장 값진 것은 사회를 위해서 남기는 그 무엇이다.
– 유일한(1895~1971) –

경영학의 아버지라 불리는 피터 드러커의 중학교 시절 일이다. 어느 날 필리글리 선생님이 들어오더니 학생들에게 질문을 했다. "너희들은 죽어서 어떤 사람으로 기억되고 싶니?" 중학생 아이들이 그에 대한 대답을 시원찮게 대답을 못하자 선생님은 "너희들이 멋진 대답할 것을 기대하지 않았다. 하지만 나이 50이 되어서도 이 질문에 대한 답을 못한다면 인생을 잘 못 산 것일 수 있다."고 말했다.

중학교를 졸업하고 수십 년 후 동창들이 다시 모였다. 예전 학창 시절 얘기를 나누는데 공통적으로 한 선생님 얘기를 했다. 그날 그 선생님이 던졌던 질문 '너는 어떤 사람으로 기억되고 싶니?' 이 질문이 자신들의 삶에 큰 영향을 미쳤고 그 질문에 답을 찾으려고 열심히 살았다는 얘기다.

어떤 사람으로 기억될 것인가는 인생의 최종 평가를 어떻게 받고 싶은지를 묻는 강력한 질문이다. 스티븐 코비의 《성공하는 사람들의 일곱 가지 습관》에 나온 두 번째 습관이 목표를 확립하고 행동하라(Begin with the end in mind)이다. 직역하면 '끝을 생각하면서 시작하라'는 말이다. 인생을 살아가면서 마지막이 어떤 모습일지 생각해 보고 살아가는 것이다. 방향성을 가지고 여행을 하는 사람과 방향성 없이 가는 사람은 시간이 지날수록 차이가 벌어질 수밖에 없다.

한번은 조찬모임에 갔다가 유언장을 작성해 보는 시간을 가졌다. 법적인 효력은 없지만 정말 죽게 되었다고 생각하고 작성해 보라고 하는데, 숨겨둔 재산이 있어서 '어디에 가면 금고가 있을 것이다' 같은 말은 남기지 않았지만 사랑하는 가족을 생각하며 작성하려니 눈물이 앞을 가려서 제대로 작성하기가 어려웠다.

1년에 한 번씩 유언장을 고쳐 쓴다는 경영자도 있다. 한 해 한 해 새로운 다짐과 각오로 살아가려고 노력하는 분일 것이다. '유산 안 남기기' 운동을 하는 분들은 재산의 삼분의 일만 자식들에게 물려주고 나머지는 사회에 기부하는 활동을 하는 분들인데, 이 분들은 유언장을 두 장 작성해서 한 장은 본인이 가지고 있고, 다른 한 장은 공증을 받아 집에 보관하도록 한다고 한다.

이 분들은 다섯 가지 강령을 지키는데 '1. 매년 유서를 작성한다. 2. 살아 있을 때 재산을 정리한다. 3. 자식에게 유산을 줄 수 없음을 가르친다. 4. 유산은 장학재단 등 인류 발전을 위한 기관에 기부한다. 5. 누룩처럼 소리 없이 번지도록 한다.'이다. 오직 자신과 약속하고 스스로 지킨다는 약속에 따라 '조직을 갖추지 않고, 홍보하지 않으며, 사업을 벌이지 않고, 회비가 없으며, 회칙도 없다'는 다섯 원칙도 지켜오고 있는데 1984년 시작해 1천 명을 넘어 점점 확산되고 있다.

우리나라에 유일한 노벨상 수상자는 김대중 전 대통령이다. 유대인들을 얘기할 때 노벨상 수상자의 몇 퍼센트가 유대인이라는 얘기를 많이 한다. 그만큼 노벨상은 전 세계에서 수여하는 상 중에서 가장 대중적으로 알려져 있고 권위를 인정받고 있다. 그 상을 시작한 노벨은 다이너마이트를 발명해 큰 돈을 번다. 많은 사람을 동원해야 가능하던 땅 파기나 터널 공사가 단기간에 다 해결이 되면서 곳곳에서 불티나게 팔린다.

하지만 공사 등 평화적인 목적보다는 전쟁에서 사람을 대량으로 죽이는 살상무기로 사용되면서 세계 평화를 위해 무언가를 해야겠다고 다짐한다. 노벨 형의 죽음을 어느 신문기자가 실수로 발명가 노벨의 죽음으로 알고 '죽음의 상인 죽다'라는 부고를 잘못 올린 기사 내용을 보고 충격을 받고 나서 죽을 때 자신의 전 재산을 걸고 9백만 달러의 기금을 만들어 "자신의 재산을 인류 전체의 복지를 위해 공헌한 사람을 위해 매년 상을 주도록 하라"는 유언에 따라 1901년부터 노벨이 죽은 날인 12월 10일에 수여하고 있다.

'자신의 묘비명에 무엇이라고 기록되고 싶나요?'라고 묻는다면 뭐라고 답하겠는가? 한 사람의 인생을 한 문장으로 표현하는 게 쉽지는 않지만 자신만의 키워드를 가지고 살아가는 인생은 시간을 허투루 사용하지 않을 것이고 충만한 삶을 살 수 있다. 한국리더십센터 김경섭 대표는 행복한 삶과 충만한 삶에 대해 이렇게 얘기한다. '행복한 삶은 고통이 없는 삶이고, 충만한 삶은 자신의 사명대로 사는 삶이다.' 사명대로 사는 사람은 비록 힘이 들고 어렵더라도 그 안에서 보람을 느끼면서 살아간다. 고통이 없는 행복한 삶을 살고자 하는 사람은 겉으로는 화려하지만 속은 허무한 삶을 살 수 있다.

요즘은 묘비를 사용하지 않고 화장을 더 많이 하는 추세라 묘비명이 어색하게 느껴진다면, 본인의 칠순 잔치에 아내, 배우자, 지인들, 회사 동료들이 뭐라고 기억해 주길 원하는지 생각해 보자. '저의 배우자는 (~~~) 한 사람이었습니다.' 한 줄로 정리될 수 있다면 최고다. 묘비명을 생각해도 좋다. 20자 이내로 생각해보라. '여기 ~~~한 누구 잠들다.' 당신만의 한 줄이 정리되면 파워풀한 인생이 시작된다. 지금 한번 생각해 보자. 나의 인생을 한 줄로 표현한다면?

Serving(섬김) Point

- ◉ 당신의 묘비명을 한 문장으로 기록한다면 뭐라고 남기겠는가?

- ◉ 내가 속한 조직에 한 가지 남기고 싶은 게 있다면 무엇인가?

에이플러스 – 변화와 성장을 위한 5가지 열쇠 –

5 나의 상처는 나의 힘

> 한 개의 촛불로써 많은 촛불에 불을 붙여도
> 처음의 빛은 약해지지 않는다.
>
> – 〈탈무드〉 –

필자는 1993년 10년 만의 무더위라고 하는 찌는 듯한 더운 날씨에 논산 훈련소에서 초복, 중복, 말복을 다 보냈다. 들리는 소문에 날씨가 38도를 넘어가면 훈련을 안 하고 낮잠을 잔다는 얘기가 있었다. 우리 훈련병들은 혹시나 하는 부푼 기대를 가지고 날씨가 더워질 때 훈련을 안 하는지 궁금해하고 있었다. 소문은 소문일 뿐 날씨가 덥다고 훈련을 안 하고 낮잠을 자는 일은 결코 없었다. 무더운 날은 마시는 물 옆에 하얀 게 같이 놓여 있었다. 무엇인가 하고 보니 소금이었다. 훈련 도중 쓰러지는 사람들이 있어서 정말로 쓰러지지 않기 위해 소금과 물을 같이 먹었다.

그러던 어느 날 나무 그늘 진 곳으로 가더니 훈련을 안 했다. 무슨 일인가 하고 봤더니 앞에는 헌혈차가 와 있었고 돌아가면서 헌혈을 하는 것이었다. 많은 남자들이 생애 첫 헌혈을 군대에서 한다. 차에서 내려오는 훈련병들의 손에는 두 가지가 들려 있었는데, 한 손에는 초코파이, 다른 손에는 시원한 쌕쌕 오렌지 주스였다. 필자 차례가 되어서 올라갔는데 혈압을 먼저 재더니 저혈압이라 헌혈을 할 수가 없다고 했다. 그때 실망감이 얼마나 크던지 차에서 내려오면서 "주스 하나 받을 수 없나요?" 하고 물어 봤더니 헌혈한 사람만 받을 수 있다고 하며 냉정하게 거절당했다.

헌혈을 하고 싶어도 못하는 이 억울한 심정. 그때 헌혈을 못한 게 한(恨)이 되었는지 그 뒤 자대로 배치받고 헌혈할 기회가 있으면 적극적으로 참여했다. 그렇게 시작하게 된 헌혈이 30번을 넘어서 적십자사에서 은장을 받고, 50번 이상을 해 금장을 받았다. 그 뒤로 계속 꾸준히 하다 보니 102번째 까지 하게 되었다. 100번 넘게 하면 적십자 헌혈유공장 명예장도 주고 적십자사 홈페이지에 있는 온라인 명예의 전당에 이름을 올릴 수 있는 기회도 준다. 처음에 오렌지 주스를 너무나 먹고 싶었는데 먹지 못한 것이 역설적으로 헌혈을 꾸준히 하게 된 계기가 된 것이다.

MADD라고 들어 보신 적이 있는가? 미국에서 1980년 13세 사랑하는 딸 캐리(Cari)를 술에 취한 음주운전자에게 교통사고를 당해 잃은 엄마 캔디(Candy)가 다시는 나처럼 음주운전자에게 소중한 자녀의 생명을 잃는 이런 가슴이 찢어지는 일을 겪는 사람이 없도록 뭔가를 해야겠다고 하고 만든 단체가 MADD(Mothers Against Drunk Driving)다.

우리나라도 초등학교 앞에 가면 엄마들이 돌아가면서 자녀들이 안전하게 학교에 등교할 수 있도록 교통지도를 하는 모습을 볼 수 있는데, 이 단체를 본 따 만든 것이다. 한 엄마의 가슴 아픈 사연과 그에 따른 구체적인 활동이 강력한 힘을 발휘하면서 미국은 물론 전 세계에 영향을 주는 단체가 된 것이다.

에이플러스 – 변화와 성장을 위한 5가지 열쇠 –

AA(Alcoholics Anonymous)라는 단체도 있다. '단주회' 또는 '알코올 중독자 갱생회'라고 불린다. 1935년 미국 시카고에서 밥 스미스(Bob Smith) 박사와 빌 윌슨(Bill Wilson) 두 사람이 시작한 단체이다. 둘 다 알코올중독에서 회복된 경험이 있는데, 자신들의 경험을 바탕으로 같은 어려움을 겪으며 문제를 이해하는 사람들 안에서 고민을 나누고 도움을 줄 때 회복에 효과적이라는 사실을 알게 된다. 자신과 같은 상처를 입은 사람을 돕는 봉사자가 되면 치료의 완성으로 본다.

1995년 6월 사랑하는 외아들을 학교 폭력에 잃은 한 아버지가, 본인처럼 학교 폭력으로 자식을 잃는 부모가 다시 생겨서는 안 되겠다고 다짐하고 '청소년이 희망을 꿈꾸는 폭력 없는 세상을 만든다'는 미션을 가진 청소년폭력예방재단을 만들게 된다. 이 단체는 학교 폭력과 관련해 국내에 처음으로 생긴 단체로 학교 폭력 예방을 위한 교사, 학부모, 학생들 대상으로 한 교육 및 학교 폭력 발생시 학생, 부모, 교사들을 대상으로 상담 서비스를 제공하고 분쟁 조정을 돕는 중요한 역할을 하고 있다. 한 아버지의 하늘이 무너지는 고통이 만들어 낸, 이 사회에 꼭 필요한 단체의 시작이 된 것이다.

우리나라를 대표하는 남해힐튼 리조트를 운영하는 에머슨퍼시픽 이중명 이사장은 사업을 하다 세 번이나 부도가 나서 마지막에는 1200억의 빚을 지는 신세가 되었다. 하지만 지인의 소개로 골프장 운영 사업을 다시 시작해 극적으로 기사회생하여 금강산을 비롯한 다섯 곳의 골프장과 프리미엄 리조트를 운영하는 에머슨퍼시픽그룹을 일구었다.

'인생은 일어난 사건이 10%, 그에 대한 해석이 90%라고 한다' 과거를 변화시킬 수는 없지만 이미 일어난 일에 해석은 달라질 수 있다. 나를 어렵고 힘들게 한 그 사건이 나에게 준 교훈은 무엇인지 한번 찾아보자. 고난 앞에 사람들은 세 가지 반응을 보인다. 무 같은 사람, 계란 같은 사람, 커피 같은 사람이 있다.

고난을 뜨거운 물에 비유하면 무 같은 사람은 강해 보이지만 고난을 통해서 흐물흐물해지는 것이고, 계란 같은 사람은 약해 보이지만 고난을 통해서 완숙이 돼서 단단해 지는 사람이고 커피 같은 사람은 뜨거운 물속에 들어가 자신의 원래 존재를 뛰어 넘어 그윽한 향기를 내는 새로운 존재가 되는 것이다. 당신은 고난 앞에서 어떤 존재가 되고 싶은가?

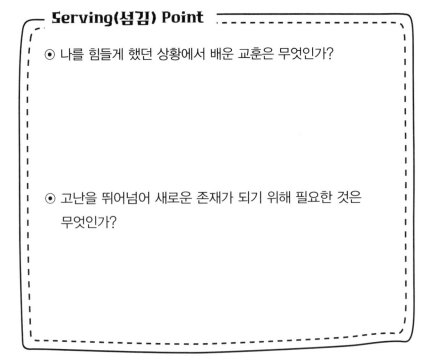

Serving(섬김) Point

⊙ 나를 힘들게 했던 상황에서 배운 교훈은 무엇인가?

⊙ 고난을 뛰어넘어 새로운 존재가 되기 위해 필요한 것은 무엇인가?

에이플러스 – 변화와 성장을 위한 5가지 열쇠 –

6 결핍의 에너지를 긍정의 에너지로

여수 엑스포에 행사가 있어서 갔다가 올라오는 길에 전부터 한번 가보고 싶었던 곳이 있어서 들렀다. 손양원 목사 기념관이다. 예전에 문둥병이나 나병 환자들을 손양원 목사가 돌보던 곳이다. 노르웨이의 의학자인 한센(G.A. Hansen)이 1873년에 이 병의 바이러스를 발견하면서 지금은 한센병이라고 불린다. 그곳이 유명한 이유 중에 하나는 그분이 아들 두 명이 여수·순천 반란사건 때 폭도들에 의해 총살당하는데 자기 아들을 죽인 사람을 양자로 맞아서 키운 일 때문에 많은 사람들에게 알려진다.

기념관에 가보면 아들 둘을 잃고 가슴이 찢어질 듯 아플 상황인데도 아홉 가지 감사한 것을 표현한 것이 있는데 읽어 보면 정말 존경스러운 마음이 든다. 다음에 여수 근처에 갈 일이 있으면 한번 꼭 가 보길 권한다. 자기 자식을 죽인 사람을 양자로 삼은 그 마음은 누구도 쉽게 따라 할 수 있는 것이 아니지만 이 분이 얼마나 진정성 있게 남을 돕고자 하는 분인가 하는 것을 배울 수 있다. 얼마 전에는 그분을 다룬 '그 사람 그 사랑 그 세상'이란 영화도 개봉했다. 시간을 내서 한번 꼭 보기를 권한다.

애덤 그랜트가 쓴 《기브 앤 테이크》라는 재미있는 제목의 책이 있다. 이 책은 삼성경제연구소의 '2014년 CEO를 위한 여름휴가 추천도서'로도 선정된 책이다. 책 내용을 간단하게 요약하면 탁월한 성공을 거둔 사람에게는 세 가지 공통점이 있는데 타고난 재능과 피나는 노력, 결정적인 타이밍이다. 세계 3대 경영대학원인 와튼스쿨에서 역대 최연소 종신교수로 임명된 조직심리학자인 저자는 사람들이 흔히 간과하는 성공의 네 번째 요소를 '타인과의 상호작용'으로 규정한다.

그리고 주는 것보다 더 많은 이익을 챙기려는 사람(테이커, taker)이나 받는 만큼 주는 사람(매처, matcher)보다 '자신의 이익보다 다른 사람을 먼저 생각하는 사람(기버, giver)'이 더 성공할 가능성이 높다는 점을 책에 풀어놓는다. 남을 위해서 1년에 100시간 정도 봉사하는 사람이 가장 행복하다는 얘기도 한다.

필자는 개인적으로 봄, 가을로 1년에 두 번 열리는 젊은부부학교라는 곳에서 봉사를 한다. 4주간 주말에 열리는 프로그램으로 부부들의 관계를 신혼 때 서로에 대한 존중과 배려가 넘치는 관계로 다시 회복시켜주는 탁월한 프로그램이다. 봄, 가을로 그곳에서 봉사하는 시간만 해도 100시간은 훌쩍 넘길 것 같은데, 여러분도 한번 자신만의 재능으로 봉사할 수 있는 곳을 찾아서 시간을 내보길 권하고 싶다. 삶의 의미를 찾고 좋은 사람들과 관계를 맺을 수 있으며 봉사하는 기쁨을 찾을 수 있는 소중한 기회가 된다.

에이플러스 – 변화와 성장을 위한 5가지 열쇠 –

전에 종로에서 살 때의 일이다. 구청장으로 출마한 후보의 공약이 판공비를 100% 장학금으로 내놓겠다는 거였다. 필자는 그것을 보고 장학재단을 자기 돈으로 만들면 되지 왜 구청장에 출마를 하나 의아하게 여겼다. 아무튼 선거는 바람의 영향을 많이 받는데 그 후보는 운 좋게 당선이 됐다. 공약을 지키려고 하니 판공비는 구청장 역할을 효과적으로 수행하기 위해 사용하는 돈이지 개인적인 용도로 사용할 수 없어서 공약을 못 지키게 되었다. 그분이 이 상황을 어떻게 해결해야 하나 몇 달을 고민을 하며 해결책을 찾던 중에 전혀 뜻하지 않은 곳에서 해결책을 찾게 된다.

그 공약을 눈여겨본 독지가 최형규씨가 어느 날 구청에 찾아와 통장을 하나 전달했는데 통장을 열어 보니 어마어마한 금액이 찍혀 있었다. 현금 70억이 들어 있는 통장이었다. 이 독지가도 어렵게 독학으로 공부한 분이라 자신과 같이 어렵게 공부하는 학생들을 돕고 싶은 마음이 있었는데 구청장 후보의 공약을 보고 마음이 움직여 몇 달 동안 뒷조사를 해 이 사람이 믿을 수 있는 사람인가 조사를 한 후에 자신의 돈을 맡겨도 좋겠다는 결론을 내고 기부를 한 것이다.

두 분 다 학비를 벌면서 어렵게 학교를 다니는 게 얼마나 고생스러운지 아는 분들이라 통장을 전달하면서 서로 끌어안고 울었다는 얘기를 전해 들었다. 재단법인 종로구 장학회는 어려운 가운데 공부하는 고등학생과 대학생들에게 매년 수천만 원을 전달하고 있다.

필자가 이 얘기를 잘 아는 이유는 구청장에 출마했던 김충용 구청장 그분이 필자의 아버지이기 때문이다. 당신이 어렵게 고학하면서 겪었던 어려움을 다른 사람들은 겪지 않으면 좋겠다는 마음의 발로가 아버지 당신이 만들 수 있는 것보다 훨씬 커다란 장학 재단을 만들 수 있는 계기가 되었다. 젊어서 고생은 사서도 한다고 하는데 학창시절 결핍의 에너지를 남을 돕는 긍정의 에너지로 승화시킨 것이다.

세상이 아름다운 이유는 보이지 않는 곳에서 남을 위해 봉사하는 사람들이 있기 때문이다. 시간의 여유가 있는 분은 시간으로, 경제적 여유가 있는 분은 물질적 후원으로 본인이 할 수 있는 작은 봉사를 오늘부터 당장 꼭 실천해 보시기를 기원한다. 여러분의 도움의 손길을 기다리고 있는 사람들은 주위에 생각보다 많이 있다.

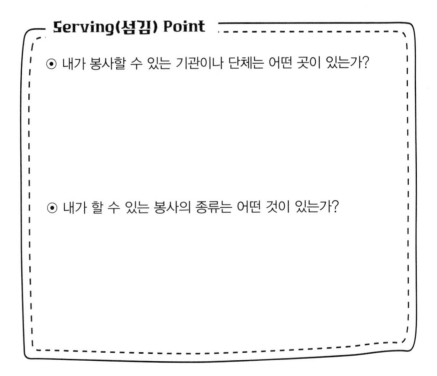

Serving(섬김) Point

⊙ 내가 봉사할 수 있는 기관이나 단체는 어떤 곳이 있는가?

⊙ 내가 할 수 있는 봉사의 종류는 어떤 것이 있는가?

7 섬김의 전략적 가치

희망이 없다는 생각이 들 때는 누군가를 도우라
– 아웅산 수지(미얀마 국가자문역 및 외무장관) –

섬김의 가치를 새롭게 인식하는 사건이 있었다. 부끄럽지만 개인적으로 힘들었던 경험을 나눈다.

초등학교 다니는 첫째 아들이 속한 모임에서 생긴 일이다. 상황을 자세히 얘기하려면 수십 페이지는 써야 할 텐데 개략적인 상황만 필자의 입장에서 밝힌다. 아이 둘이 시비가 붙어서 싸우는 상황에서 가해 학생을 뒤로 데리고 가서 문제상황을 듣고 문제 해결을 도우려고 했다. 하지만 그 아이는 전혀 말을 하려고 하지 않았다. 잠시 한눈 파는 사이 원래 자리로 돌아가 다른 아이에게 발길질을 하는 일까지 생겼다. 가만히 두다가는 큰 사고라도 될 것 같아 가해자 아이를 데리고 방 밖으로 나갔다.

아이에게 무슨 상황인지 얘기해 보라고 하였지만 아이는 씩씩 거리기만 할 뿐 전혀 말이 통하지 않았다. 나중에 알았는데 분노조절장애를 가진 아이였다. 본인이 열 받으면 다른 사람의 말이 전혀 들리지 않는 아이였다. 벽보고 서 있으라고 해도 말도 듣지 않고 안으로만 들어가려고 하고 필자는 못 들어가게 막는 상황이 연출되었다. 그런 장면이 다른 사람 눈에는 어른이 아이에게 폭력을 행사하는 것처럼 보였고 그 상황을 목격한 분이 경찰을 불러서 경찰이 출동하게 된다.

신체적 접촉이 있었던 것은 사실이나 아이가 안으로 들어가려고 하는 상황을 막는 과정에서 생긴 것 일뿐 신체접촉으로 아이가 울거나 아이에게 멍이 들거나 한 상황은 전혀 아니었다. 출동한 경찰도 상황에 대한 설명을 듣고 돌아간다. 그런데 문제는 아이의 부모가 문제를 삼아 파출소에 폭행으로 고소를 하게 되면서 문제가 복잡해진다. CCTV를 보면 가해 아이가 다른 아이에게 해코지하고 발길질 하는 장면이 다 있고 해서 양심이 있는 부모라면 자기 아이가 문제가 있구나 가정교육을 잘 시켜야겠다고 생각할 텐데 부모는 상황을 다르게 해석했다.

파출소에 가서 상황 설명을 했지만 파출소 담당자는 합의를 볼 것을 권할 뿐 자신들이 할 수 있는 것은 없다고 했다. 하지만 상황에 대한 입장 차가 너무나 커서 합의를 보기가 어려웠다. 아이의 부모는 폭행이라고 하고 필자는 아이가 다치는 것을 막기 위한 것이었지 폭행은 아니라는 입장이니 합의가 쉽지 않았다. 폭행 사건은 합의가 안되면 다음 단계로 넘어간다. 사건은 경찰서로 넘어가고 경찰서 담당 형사도 폭행 사건은 당사자끼리 합의를 보는 게 제일 좋은 방법이라고 합의 볼 것을 권했다.

하지만 상황은 마음대로 합의를 볼 수가 없었고, 결국 검찰청으로 넘어가 조사를 받기까지 이른다. 경찰서에 가서 조사를 받는 것도 받아들이기 힘들었는데, 검찰청까지 가서 조사를 받는 것은 정말 엄청난 스트레스를 주는 상황이었다. 사안이 심각한 것은 아니라 조사를 오래 받지는 않았지만

에이플러스 – 변화와 성장을 위한 5가지 열쇠 –

조사받는 과정이 즐겁고 유쾌한 것은 아니었다.

검찰에 조사를 받으러 가기 전에 준비할 수 있는 몇 가지를 준비했다. 필자가 나쁜 사람이 아니라는 것을 입증해 보일 필요가 있었는데 그래서 몇 가지 준비한 게 23년에 걸쳐서 헌혈 100번한 인증샷과 기록, 구치소에 재소자들을 대상으로 재능기부 강의를 꾸준히 가면서 사회에 도움이 되는 사람으로 살려고 노력한다는 점등을 어필했다.

구치소에 강의하러 가기 전에 강의했던 구치소 담당자에게 강의한 내역을 증명서 형태로 뽑아 줄 것을 요청했다. 담당자가 이것을 어디에 쓸 것이냐고 물어봐서 대략적인 상황을 얘기했다. 잘 해결되길 바란다는 응원의 메시지를 뒤로하고 주위 분들이 작성해준 탄원서와 함께 검찰에 조사받으러 가는 날 제출했다.

어려운 일을 겪으니 주위에서 내일처럼 여기고 돕고자 발 벗고 나서준 분들이 많이 있었다. 의견서를 제출해 주신 변호사님, 탄원서에 서명 받는 것을 도와준 많은 분들, 내 일처럼 생각하고 발벗고 나서서 도와 준 분들 덕택에 상황은 기소유예로 잘 마무리가 되었다. 최악의 상황은 벌금형이었는데 그렇게 안 끝난 게 천만다행이었다.

그 일을 겪으면서 깨달은 게 몇 가지 있다. 내가 나쁜 사람임을 증명하는 것도 어려울수 있지만 좋은 사람이라는 것을 입증하는 것은 훨씬 더 어려운 문제다. 그때 내가 평소 봉사를 하지 않고 제출할 것이 아무것도 없었다면 어떤 결과가 나왔을까 생각이 들었다. 담당 검사의 최종결정에 과연 어떤 것이 영향을 미쳤는지 정확히는 모르지만 헌혈과 구치소 재능기부 강의했던 기록을 제출한 것이 최소한 1 퍼센트의 도움은 되었으리라 본다. 봉사라는 것이 남을 위해서도 필요하지만 결정적인 순간에 나를 구해주는 도구가 될 수도 있다는 생각을 했다.

개인적으로 돈, 권력 보다는 명예를 추구하며 살아왔다는 것을 알게 됐고 명예라는 것은 한번의 실수로 무너질 수 있다는 것도 배웠다. 명예는 유리공과 같아서 떨어뜨리면 한 번에 무너질 수 있고 그것에 목숨 걸 필요가 없다는 것도 배웠다.

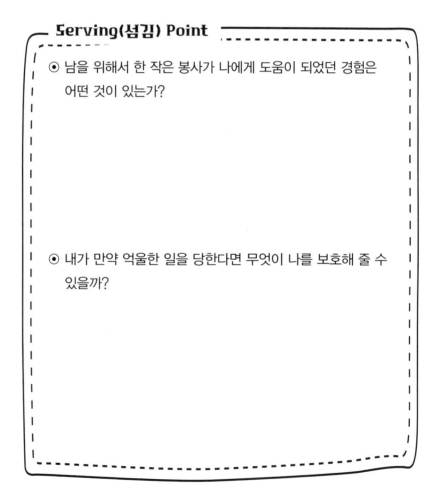

Serving(섬김) Point

⊙ 남을 위해서 한 작은 봉사가 나에게 도움이 되었던 경험은 어떤 것이 있는가?

⊙ 내가 만약 억울한 일을 당한다면 무엇이 나를 보호해 줄 수 있을까?

8 세상 어디를 가도 길을 발견하는 법

한 인간의 위대함은 그를 위해 일하는 사람이 얼마나 많은가가 아니라 그가 얼마나 많은 사람들을 위해 일하느냐에 달려 있다.
– 존 템플턴 –

강의할 때 보여주는 이미지가 있다. 사막 한가운데 조난당한 여행자가 있는데 그가 가진 것이라고는 손에 나침반 하나가 있을 뿐이다. 참가자분들에게 묻는다. "이 사람에게 가장 필요한 것은 무엇일까요?" '물', '지프차', '무선라디오' 등 다양한 답을 한다. 다 필요한 것들이지만 이 사람에게 가장 필요한 건 지도다. 자신이 지금 어디에 있고, 어디로 가야 하는지 안다면 이 사람은 구조될 수 있을 것이다.

영국사람 켄 레먼이 아프리카 사하라 사막에 있는 비셀이라는 마을에 갔다. 재미있는 사실은 이 곳 주민들은 태어나서 한번도 사막을 벗어나 본 적이 없다고 말하는 것이었다. 사람이 자기 감각을 의존해서 걸으면 큰 원을 그리면서 다시 제자리로 돌아오는 경향이 있다. 그래서 마을 사람들은 사막을 벗어날 수가 없었던 것이다, 하지만 그는 3일 만에 사막을 횡단해서 그 비결을 마을 주민들에게 알려주었다. 그의 비결은 뭐였을까?

낮에는 자고 밤에만 북두칠성을 보고 움직였다. 비셀 마을에는 '새로운 생활은 방향을 정하는데서 시작된다'는 글귀가 큼지막하게 마을 어귀에 걸려있다.

'자기가 어디로 가고 있는지 아는 사람은 세상 어디를 가더라도 길을 발견한다.' 스탠포드 대학교 총장이었던 데이비드 스타 조단의 말이다. 방향을 정하고 그 방향으로 꾸준히 가면 목적지에 도달하는 것은 당연한 일이다. 하지만 대부분의 사람들이 인생의 방향을 정하지 않고 살아간다. 어떤 사람들은 자신의 미래에 대해서 여름휴가 계획만큼도 시간을 내서 생각하지 않는다.

여름휴가를 가려면 어디를 갈지, 국내를 갈지, 해외를 갈지, 누구와 갈지 혼자 갈지, 친구와 갈지, 가서 숙소는 캠핑, 펜션, 지인의 집 등 다양한 옵션을 생각하고 그 지역에 어떤 맛집들이 있는지 알아본다. 며칠 여행을 가는데도 다양한 정보를 찾고 의논을 하는데 막상 우리의 인생 자체에 대해서는 그렇게 진지하게 생각하고 고민하지 않는다. 생각을 안 하는 것은 아닐 테지만 구체적인 행동에 옮기지 못하는 경우가 많다.

필자는 군대에서 항공대에 있었다. 항공대는 헬기를 타고 다니는 부대이다. 공군이 하늘을 더 자주 날 것 같지만 공군에서 하늘을 날 수 있는 사람은 전투기 조종사밖에 없다. 육군이지만 하늘을 날 수 있는 특별한 경험을 했다. 우리 부대 헬기의 기종은 시누크헬기(CH-47)라고 앞뒤로 큰 프로펠러가 두 개 있는 헬기였다. 베트남 전쟁 영화를 보면 많은 사람들을 실어 나를 때 이 헬기를 타고 다닌다. 사람이나 자동차, 물품 등을 실

에이플러스 – 변화와 성장을 위한 5가지 열쇠 –

어 나르는 역할을 하는 헬리콥터다.

3달에 한 번 정도 작전을 나갔는데 작전을 나갈 때면 헬기를 타고 작전을 나갔다. 처음에 헬기를 탈 때는 기계의 '윙~' 하는 굉음에 귀마개를 하지 않으면 시끄러워서 탈 수도 없었다. 땅에서 보면 헬기가 그냥 앞으로 계속 나아가는 듯 보이지만 실제로 타 보면 놀이동산의 놀이기구 탄 느낌이다. 오르락 내리락을 반복하면서 앞으로 나아간다. 조종을 잘하는 파일럿의 헬기를 타면 위아래로 흔들리는 낙차 폭이 적어서 그나마 편안하게 갈 수 있고, 새로운 신임 장교나 중대장처럼 비행시간이 많지 않고 비행시간을 채우기 위해 조종하는 사람들의 헬기를 타면 엄청 불안하다.

인생도 그렇지 않나 싶다. 멀리서 보면 아무 문제 없이 잘 가는 것 같이 보이지만 실제 옆에서 가까이 보면 오르락 내리락을 반복하면서 앞으로 나아간다. 비행기도 자동항법장치를 이용해서 목적지에 도착하는데 바람이나 기류, 기압 차이 등으로 인해 90% 이상이 항로에서 벗어난다고 한다. 그래도 목표지점을 정하고 끊임없이 가니까 항로를 계속 수정해 가며 결국엔 목적지에 도달하게 되는 것이다.

한번은 금호아시아나 연수원에 강의하러 갔는데 그곳에 금호아시아나에서 처음으로 들여왔던 보잉 비행기 열쇠가 전시되어 있었다. 수백 명의 탑승객을 실어 나르는 비행기의 열쇠가 어떻게 생겼는지 무척 궁금했는데 실제로 보니 자동차 열쇠처럼 생겼다. 거대한 비행기를 움직이는 작은 열쇠가 있듯이, 인생을 움직이는 열쇠는 '비전'이다. 비전이라는 열쇠를 가진 사람은 어렵고 힘든 일이 있어도 고난을 견딜 힘이 있다. 자신이 가고자 하는 목표에 대한 밑그림이 있기 때문이다.

미국 대학원에 진학하려면 GRE(Graduate Record Examination)라는 자격 시험을 본다. 다음은 어느 한 학생의 GRE 점수 결과이다. 언어적성 점수는 4분의 3 안에 들 정도니 평균보다 못한 점수로 실망스러운 수준이다. 수리 점수는 밑에서 10% 선이고, 물리, 화학, 생물, 사회와 미술 과목은 밑에서 15% 선에 있다. 점수로는 대학원 진학이 불가한 사람이지만 이 사람은 미국 역사에 한 획을 그은 위대한 인물이 되었다.

이 사람은 누구일까? 그는 미국에서 인권운동으로 1964년 노벨평화상을 받은 마틴 루터 킹(1929~1968)이다. 〈나에게 꿈이 있습니다(I have a dream)〉라는 유명한 그의 연설은 수많은 미국인들의 마음을 움직였고, 그가 죽은 지 40여 년이 지난 2009년 미국 국민은 역사상 최초로 흑인 오바마 대통령을 선출하기에 이른다. 마틴 루터 킹은 자신이 해야 할 일이 무엇인지 알았고 그 길을 온갖 어려움과 난관 속에서도 꿋꿋하게 걸어간 것이다.

필자의 개인적 비전은 2050년 대한민국이 국민소득 5만불 문화선진국이 되는 그날까지 강의와 코칭으로 기여하는 것이다. 중동에 두바이가 있는 아랍에미리트는 국민소득이 5만불 수준이 되고, 5만불을 넘는 나라들도 중동에 있다. 하지만 그 나라들을 선진국으로 보지 않는 이유는 특정산업, 예를 들어 석유로만 돈을 벌기 때문에 그렇다. 단순히 국민소득이 높은 게 아니라 다양한 산업이 균형 있게 발전해야 선진국으로 본다.

필자 나이 마흔에 이 비전을 만들었다. 2050년은 필자 나이가 80이 되는 해이자 둘째 아들이 나이 마흔이 되는 해이다. 60세까지는 돈을 버는 활동이 주가 되겠지만 그 이후에는 봉사의 비중이 더 많아지리라 본다. 존경하는 롤 모델 중 스티븐 코비(1932~2012)는 2012년 미국 나이로 80세에 하늘로 올라갔는데 저의 롤 모델 답다는 생각을 했다. 필자가 언제 죽을지는 모르지만 70대에도 현역으로 활동하는 그런 모습을 그려 본다.

얼마 전 용인에 있는 한 정신병원에 직원분들을 대상으로 하루 코칭 워크숍을 진행하러 갔는데 지금까지 강의장에서 만난 분들 중 최고령인 분을 만났다. 75세인데도 불구하고 현역 약사로 활동하고 있었다. 정년이 지나서도 일을 잘 해서 계약직으로 근무하고 있는데 겉으로 보기에는 60대로밖에 보이지 않는 분이었다. 쉬는 시간에 물어보니 본인은 그렇게 활동하기 위해 많은 노력을 기울였다고 말하는데, 앞으로는 이런 분들이 더 많아지리라 본다.

Serving(섬김) Point

⊙ 당신이 원하는 대로 될 수 있다면 꼭 이루고 싶은 꿈은 무엇입니까?

⊙ 그 꿈을 이루기 위해 어떤 노력들을 할 수 있는가?

〈사회적 기업 청밀 양창국대표 인터뷰〉

사회적 문제를 해결하는 다양한 방법이 있다. 정치를 통해서, NGO단체를 통해서, 기부와 봉사를 통한 방법 등 여러 가지 방법이 있지만 그 중에 가장 진화된 형태 중 한 가지가 사회적 기업이다. 사회적 기업은 사회적 문제 해결을 위해 양질의 일자리를 창출한다. 일자리가 필요한 장애인과 노인 등을 위한 사회적 기업이 있고, 환경문제 해결을 도와주는 사회적 기업도 있다. 기업하면서 이익을 내는 것도 쉽지 않은데 이익의 70퍼센트를 사회에 환원하는 게 사회적 기업이다.

사회적기업 청밀의 양창국 대표는 현대백화점 그룹의 종합식품기업 현대그린푸드에 다니면서 식자재 공급 업무로 사회생활을 시작한다. 나이 40에 독립해서 백화점 지하 식품코너에 매장을 운영하면서 매출도 잘 나오고 기획한 상품들이 잘 팔렸다. 그때 가지고 있던 꿈은 50이 되면 은퇴해서 건물 임대료 받고 외제차 타고 여행다니면서 폼 나게 사는게 꿈이었다. 가지고 있던 매장도 3곳이 있었고 아내 분도 약사로 둘의 소득을 합치면 억대 연봉이 전혀 부럽지 않았다.

일 하면서 우연한 기회에 밀알재단에서 운영하는 직업재활센터에서 자폐성 발달장애를 가진 친구들을 만나면서 그 꿈은 변화되기 시작한다. 장애인 20명과 그 보호자들 20명이 있는 곳인데 그곳에서 보호자들의 얘기를 들으니 발달장애를 가진 친구들은 목욕탕에서도 물에 빠져 죽기도 하는데 그 이유가 정상인이면 물에 들어가면 나와야지 생각이 드는데 순간적으로 그런 생각이 안 든다고 한다. 외출이 자유롭지 않아서 집에서 불장난을 하다가 화재가 나서 죽기도 하는 등 발달장애인들의 말 못할 어려움을 알게 된다.

보호자로 항상 같이 생활하는 부모들은 자녀보다 하루 더 사는게 꿈이라고 한다. 보호자 중에는 경제적으로 여유가 있는 분도 있고, 자녀를 보호하느라 사회활동을 할 수가 없어서 경제적으로 여유가 없는 분도 있는데 공통적으로 자녀들의 일자리를 원한다는 걸 알았다. 이 부분에 대한 고민을 가지고 아내에게 얘기했더니 아내가 "그 일을 하고 싶냐?"는 물음에 "나도 모르겠다"고 답했다. 양대표의 고민은 깊어졌고 답을 모르지만 답을 찾아야겠다는 생각은 계속 이어졌다.

카이스트에서 사회적 기업 MBA 과정을 10개월 들으며 외국의 다양한 사례를 접한다. 유럽의 영국 같은 나라에서는 28,000개의 사회적 기업이 전체 인구 5퍼센트의 고용도 책임지면서 비정부기구인 NGO(non-governmental organization)도 지원할 정도로 사회적 기업의 역할이 활발하다. 결국 양창국대표는 장애인 목사님 한 분과 같이 자본금 없이 2008년 사업을 시작한다. 40~50명 고용을 목표로 가보자고 다짐하며 사회적 기업 1세대 첫발이 시작된다.

처음 회사를 오픈하고 1~2년 지나면 돈을 벌겠지 생각했다. 하지만 나가는 돈에 비해 들어오는 돈이 적었다. 매출이 전혀 없는 달도 있었다. 다때려치우고 미국 가야겠다는 생각이 들기도 했는데 장애인을 고용한 상태라 그만 둘 수도 없는 딜레마에 빠졌다. 하지만 어려운 시기를 지나 현재는 식자재 유통사업, 농산물 전처리사업, 공공기관 유통사업, 사회공헌 후원사업, 소모성 자재 MRO(maintenance, repair and operating: 시설의 유지 보수용 소모성 물품과 서비스) 구매대행 등 다양한 영역에서 90억이 넘는 매출을 올리고 있다.

사회적 기업을 하기 원하는 후배들에게 사회적 기업 1세대로서 하는 조언이 있다. 대표가 대가를 지불해야 한다는 것이다. 더 정직해야 하고 더 윤리적이고 욕심을 줄여야 한다. 양창국 대표의 아내는 남편이 사회적 기업을 시작하면서 사회생활을 접고 살림과 자녀 양육에 집중한다.

사회적 기업 청밀을 시작한 지 5년 정도 지날 때까지 월급을 제대로 받아가지를 못 했다. 그래서 궁여지책으로 쌀, 김치, 고기 등 집에서 먹는 식자재를 월급 대신 받아갔다. 도매로 받아 가는 거라 50만 원 어치를 가져가면 마트에서 사면 70만 원 상당하는 금액이었다. 자녀들이 초등학교 저학년일때 생계를 책임져야 하는 가장으로서 현실적인 고민을 해결하기 위한 대안이었다.

기억하고 싶지 않은 기억으로 어느 날 시계를 차려고 보니 시계가 없는 걸 알게 된다. 아내가 생계가 어려워지자 남편 몰래 시계, 반지 등 결혼 패물을 몰래 팔아서 살림에 보태 쓴 것이다. 초등학교 다니던 자녀들은 아빠의 사업이 망한 줄 알았단다. 그도 그럴 것이 집 냉장고는 텅텅 비어 있고 먹을것도 없으니 그렇게 생각한 것이다. 어려운 시기를 겪으며 지금은 직원들과 함께 해외연수도 일 년에 한 번 갈 정도의 장애인과 비장애인(일반인과 노인)이 함께 일할 수 있는 비즈니스모델을 만들었다. 현재는 장애인의 수술비를 지원하는 활동도 하고 있다.

사업 초기 풀무원 전처리 센터에 제안해 매년 2,000만 원의 비용을 절약해주겠다고 해서 사업을 시작했는데 실상은 매년 2,000만 원씩 다른 사업에서 번 돈을 들어부어야 하는 모양새가 되었다. 결코 쉽지 않은 상황이었다. 하지만 농산물 원물이 들어왔을 때 로스율을 줄이기 위해 노력했다. 안 좋은 농산물이 들어왔을 때는 빼야 하는데 그대로 고객에게 제공하면 중대한 클레임으로 돌아와서 이런 부분에 대해서 집중적으로 신경을 썼다. 하루 동안 농산물에 바코드 수천 장을 붙이는데 바코드와 실제 내용이 일치하지 않는 피킹(Picking) 오류 발생을 줄이기 위해 숙련자 보유를 위해 노력했다. 매년 건강검진, 포상 제도, 워크숍 참여 등 다양한 방법으로 우대하면서 경쟁력을 높여갔다.

정부에 우선 구매 제도가 있어서 사회적 기업에 판로가 있는 부분이 있다. 유럽같이 소비자들의 의식수준이 높은 곳은 사회적 기업의 제품이 비싸도 사는데 한국은 아직 그 수준까지는 이르지 안 않다고 한다. 금액 규모가 큰 프로젝트에는 입찰을 통해 들어가게 되고, 금액이 작은 계약만 수의 계약으로 진행하기에 한국이라는 토양에서 사회적 기업을 하기가 쉽지 않은 상황에서 틈새를 잘 공략하면서 사업을 키워나가고 있다.

사회적 기업을 하면서 변질되는 기업도 많다고 한다. 일자리 창출형 사회적 기업은 취약계층을 30 퍼센트 이상 고용해야 하는데, 일자리 창출형으로 사업을 시작했다가 고용을 유지하면서 사업을 지속적으로 해 나가기가어려워서 서비스 제공형으로 사업영역을 바꾸기도 한다고 한다. 서비스 제공형 기업은 취약계층 고용 의무는 없고 취약계층에 서비스를 제공했다는 실적만 있으면 된다고 한다. 청밀이 앞으로도 장애인과 취약계층에 일자리를 제공하는 초심을 잃지 않기를 바란다.

사회적 기업을 하면서 배운 것이 무엇이냐고 물어보니 예전에 회사에 다닐 때는 주도적으로 모든 일을 했는데 어깨에 힘을 빼면서 본업에 집중하는 것을 배웠다고 한다. 사업하고 6년 정도는 전혀 회사 이외에는 사회활동을 하지 않고 본업에 집중했다고 한다. 그런 치열한 노력들이 있었기에 대한민국을 대표하는 식자재 유통과 농산물 전처리 사업의 대표 사회적 기업으로 성장했다. 앞으로 새롭게 가락동 농수산물 근처로 회사를 확장 이전하면서 대한민국을 대표하는 사회적 기업으로 더욱더 성장해나가길 기대한다.

Epilogue _ 나가는 말

몇 해전 여름 아랍에미리트 두바이에 다녀올 일이 있었다. 그곳에 가면 세계에서 가장 높은 건물로 기네스북에 올라간 버즈칼리파(Burj Khalifa)란 건물이 있다. 우리나라 삼성물산 건설부문에서 시공한 전체 높이 828m 건물이다. 160층까지 있고 그 위에는 첨탑이 있다. 124층에 위치한 전망대에 가면 건설할 당시의 스토리가 나온다. 참고로 인터넷으로 예약을 하고 가면 4만원이지만 현장접수는 12만원이니 다음에 갈 일이 있으면 꼭 사전예약을 하고 가길 권한다.

건물 마지막 부분을 올릴 때 위로 갈수록 점점 좁아지는 구조라서 타워크레인으로 더 이상 올릴 수 가 없어서 건물 내부에 봉을 심고 리프트업 공법이라고 해서 펌프로 건물 안에서 위로 첨탑부분을 올려서 마지막을 완성했다고 한다. 필자가 그걸 보며 깨달은 것은 자기 분야에서 최고가 된다는 것도 그렇지 않나 생각했다. 외부의 도움이 어느 순간까지는 도움이 되지만 마지막에 가서는 자기 안에 있는 것을 끌어 올려야 하지 않나 하고 생각했다.

이 책은 여러분이 변화하고 성장하는데 아이디어는 줄 수 있지만 구체적 행동으로 변화를 만들어내는 것은 여러분의 결심이고 실행이다. 이 책에 나와 있는 내용을 바탕으로 하되 여러분에게 최적화된 A+ 인생을 사는 방법은 무엇인지 한번 더 고민해보고 찾아보길 바란다. 책을 읽는 목적은 적용에 있다는 점을 강조하고 싶다. 이 책에서 배운 것 한 가지만 실천한다면 무엇이 되겠는가?

스타벅스 매장이 전국에 수백개가 있는데 1호점이 어디에 있는지 아는가? 동네 스타벅스 매장은 알아도 1호점이 어디인지 아는 분은 많지 않으리라. 17년 전에 김영사에 다닐 때 하워드 슐츠의 '커피 한 잔에 담긴 성공신화'란 책이 나와서 1호 점인 이대앞 매장에 가서 공동 마케팅하러 책을 전달해준 기억이 난다.

이 책은 필자가 지난 17년간의 평생학습자로서의 여정에서 경험한 것들을 나누고 싶은 마음에 적었다. 스타벅스는 그동안 매장을 수 백개로 확장했는데 같은 기간 동안 나는 어떤 배움과 성장이 있었는지 다시 한번 돌아보게 된다. 여러분에게 고급 외제차 한 대 살 정도의 금액과 시간과 노력을 들인 결과물을 나눈다.

엔진으로 유명한 혼다 자동차에서 어느 날 직원이 혼다 소이치로 사장에게 묻는다. "엔진에 아주 작은 결함이 있는데 리콜을 할까요? 말까요?" 혼다 소이치로 사장은 바로 리콜을 지시한다. "비록 결함이 거의 발생하지 않는다 해도 당사자에게는 죽고 사는 문제다." 책을 마무리하며 이 얘기가 기억 나는 것은 이 책이 누군가에게는 인생이 바뀌는 계기가 되기를 바라는 마음이고 그 사람이 당신이면 좋겠다. 그래서 나중에 누군가 처음 보는 사람이 필자를 보고 '김대형 코치님, 당신의 책이 저의 인생이 변화하는데 도움이 되었습니다.'라는 피드백을 받을 날이 오기를 감히 기대해

에이플러스 – 변화와 성장을 위한 5가지 열쇠 –

본다.

당신을 통해서 대한민국에 행복한 사람이 한 사람 더 늘어나기를 그리고 자신의 태도(Attitude)를 새롭게 하고, 목표를 향한 열정(Passion)을 가지고 계속 배우며(Learning), 자신을 지속적으로 개선(Upgrade)해서 남을 섬기는(Serving) A$^+$ 인생을 사는 사람이 많아지길 소망한다.

존경하는 한국코치협회 김재우 회장님이 좌우명으로 삼는 격언이 있다. '착안대국, 착수소국(着眼大局, 着手小局)' 대국적으로 생각하고 멀리 보되, 실행은 한 수 한 수 집중해 작은 성공들을 모아 나가는 것이 승리의 길이라는 의미다. 노자 도덕경에 나오는 천리 길도 한 걸음부터 라는 말과 같은 의미이다. 여러분 인생에 큰 그림을 그리고 한 걸음 한 걸음 걸으면서 보다 충만한 인생이 오늘부터 새롭게 시작되기를 간절히 바라며 글을 마친다.

바쁜 가운데 끝까지 책을 읽어주셔서 정말로 감사하고, 본의 아니게 책을 통해 없는데 있는 척, 모르는데 아는 척, 못났는데 잘난 척으로 느껴진 부분이 있다면 넓은 마음으로 용서를 구합니다. 그리고 책 내용 중에 필자가 잘못 알고 있는 부분이 있다면 알려주길 부탁드립니다. 감사합니다.